U0004116

N³

幸福主義

永遠追求心靈的飽足

幸福主義02

比誰都美的相遇。

作　　者　朱衣
責任編輯　徐秀娥
協力編輯　楊儀靜・陳亭君
美術設計　豐子娜
內頁插畫　姚俐呤
法律顧問　全理律師事務所董安丹律師
出 版 者　茵山外出版
台北市105南京東路四段25號11樓
讀者服務專線：0800-006689
TEL：(02) 8712-3898
FAX：(02) 8712-3897
e-mail：locus@locuspublishing.com
www.locuspublishing.com

發　　行　大塊文化出版股份有限公司
台北市105南京東路四段25號11樓
www.locuspublishing.com
讀者服務專線：0800-006689
TEL：(02) 8712-3898
FAX：(02) 8712-3897
郵撥帳號　189556765
戶　　名　大塊文化出版股份有限公司

總 經 銷　大和書報圖書股份有限公司
台北縣五股工業區五工五路2號
TEL：(02) 8990-2588（代表號）
FAX：(02) 2290-1658

初版一刷　2007年6月

定　　價　新台幣220元
ISBN　978-986-6916-06-9
Printed in Taiwan

朱衣◎著

比誰都美的相遇。

目錄

【作者序】

到詩的國度裡 找尋愛情的天堂

要怎麼樣形容愛情？

細雨的三月，微微潮溼的心情？滿地的落葉，被風捲起的惆悵感覺？還是變幻莫測的雲，靜靜地書寫著秘密的心事？或是潮汐起伏的海灘，一枚鐫刻著傷痕的貝殼？每當愛情故事經過我的身邊時，我總是悵然，提起筆來又放下。我只是詞窮，找不到那個恰如其分的美若浮雲的令人心痛的詩般的句子。

要怎麼樣形容愛情？在炫目的陽光之下，在午夜夢迴之時，我一再的問自己，渴切的想找到答案。那種心情，千百年前未曾變過，千百年來仍在尋索。或許，那就是一種詩的心情。

朱夜

千百年前的人們也和我們一樣。愛情像一座山如此深邃，像一片海如此寬廣，如迷宮般找不到出口。愛情和詩就像雙生子；愛情的浪漫，世間沒有任何文字可以超越詩的詮釋，愛情的撲朔迷離，也早在千百年前的詩歌裡留下美麗印記。

而我，是在年少時，便發現讀詩能讓我忘卻痛苦、平靜愉悅。它們像是美麗的藥方，是心靈深處安詳的重要依賴。伴隨讀詩的歲月，我也從一位青澀少女逐漸成熟懂事。如今的我還能算是個健康快樂的人，這些前人的詩句絕對是功不可沒。

詩如愛情，愛情如詩，每一個人、每一個愛情故事都是一首詩，也許悲傷也許快樂，重要的是讓它成爲你生命中正面的力量，而不是悲哀的刺青。在這本書裡我要跟你分享的就是我的心靈能量，讓詩療法也成爲幫助你成長的最佳秘方。

當你爲了愛情而脆弱、傷心時，請打開一本詩集，你一定能在詩的國度裡找尋到天堂，我是這麼深信不疑。

第一卷 暗戀

種樹的男人

懷君屬秋夜，散步詠涼天。
空山松子落，幽人應未眠。

不知道爲什麼，在生命中某一個低潮的時期，她總是會想著要上山去，去看看那個種樹的男人。

當年他是班上年紀最大的一個。每一個十八、九歲的新生都在忙著郊遊，烤肉，參加社團的當兒，只有他一個人獨來獨往，似乎很不合群的樣子。在一次新生訓練的活動上，輪到他起來作自我介紹，她才發現這個人的存在。

原來他是爲了能讀自己喜歡的森林系，當完兵做了幾年事又重考的。聽到他的說辭，有些人嬉笑起來，似乎覺得他的理由太虛僞了。而她忙著處理各種的社團活動，很快的也就遺忘了這個沉默寡言的成年男子。

過了一陣子，又有一件事引起了她的注意。在課堂上，老師突然問起大家將來畢業後想要作什麼？每個人都有點顧左右言他，畢竟這個冷門的科系並非第一志願，也不是最大的興趣，沒有幾個人是眞心想來唸的。問了幾個人都不知所云之後，輪到他回答了。他只簡單的說：「到山上種樹。」

他這麼一說，全班都安靜下來，每個人都用外星人的眼光看著他。他不過用了清清楚楚的幾個字，就說出了最終的目的，而其他的人還飄浮在夢想之中，根本想不出這樣的結局是好是壞？他能夠一針見血的說出自己的志向，也讓她感到不可思議。那天晚上她躺在床上，反覆思索著自己的未來。她想不出結果，但是她相信，到山上種樹絕對不是她未來的志向。

耶誕節到了，同學開始瘋起舞會來。大家想到一向不參加社團活動的他，這次的舞會總該參加了吧？她跟著一群人到他租來的小屋，在外面大叫他的名字。有人還拾起一小塊石頭，朝他的窗子扔去。他拗不過大家，便勉強去了。

在舞會上，她注意到他仍然一如往常般安靜，一個人躲在黑暗的牆角，也不說話也不跳舞。過了一陣子，她跟同學跳了幾支舞之後，再轉回那個角落，他已經不見了。她猜想他一定是又回到自己的住處了。她心中有點惆悵的感覺，好像才想要親近一座山，那座山卻又在雲霧中消失了蹤影。

突然之間，她有一種想要惡作劇的衝動。她偷偷溜到他的住處旁邊的小巷子，撿起一塊石頭朝窗戶扔去。突然嘩啦一聲，窗戶竟然破了，她嚇得躲在一旁，不敢吭聲。他探出頭來，左顧右盼了好一陣子，什麼也沒看見，只好又回到屋中。

過了幾天，寒流來襲，有一天上課他竟然請假了。她才知道自己的惡作劇讓他生病，得了重感冒。她的心中有一絲小小的愧疚感，雖然他並不知道是她在搗鬼。

那天下課之後，她買了一些蘋果到他的小屋去看他。看到她來，他也不多說話，只是爲她泡了一杯茶，告訴她說：「這是阿里山來的春茶，或許妳會嚐到森林裡清晨露水的味道。」

她端起茶來喝，喝到的不只是春茶的滋味，也有些說不明白的情愫。

從那天開始，她總是有意無意會注意他的行蹤。她發現平時他不愛開口，但只要一出口就會語出驚人。雖然他總是能說出正確的解答或分析，但因爲他不善於交際，很快的問題解決了，別人又忘了他，甚至她自己也會無意間忘了還有這個人的存在。在她的心底，他始終像一座無言的山，從來不引人注意，但卻永遠存在。

到了二年級，大家分配了學妹學弟，生活又開始忙碌起來。在一次活動中，她發現有幾個學妹一直纏著他不放，他始終表現得不感興趣的樣子。過了一陣子，又看到那幾個學妹邀他一起出遊，也被他拒絕了。不久之後，他又一個人獨來獨往，不再跟人打交道。

說實在，她並不喜歡這樣孤僻的男人，她在學校有很多活動，根本無暇關心這個像一座山一樣沉默的男人。但是不知道爲什麼，他對她卻有一種奇妙的吸引力，就像一座深不可測的高山，永遠吸引著登山者的眼光，永遠存在著神奇的魅力。

大學畢業後，他果眞到山上去種樹了。而她也開始工作，開始戀愛。她換過幾個工作，也交過幾個男朋友；在工作上吃過苦頭，也在愛情上受過傷。

幾年下來，她覺得自己更堅強更成熟了，但是每到了天氣微涼的季節，她總會想起那個把窗戶敲破的日子，想起那盞茶的清芬香氣。不知道那個人在深山裡，是否已經感冒了？或是已經睡了沒有？

不知不覺之間，她發現自己在想念他。於是在一個秋日的午后，她眞的去山中找他了。他依然是個沉默的男人，種樹的生涯只使他變得更沉潛，卻沒有更多話。他聽著她傾訴城市中的種種，默默爲她倒茶，卻一句安慰的話也沒有。倒是她自己去過山中之後，總能很快的恢復過來，又有精神到塵世中打滾了。

就這樣幾年過去了，他們之間從沒有說過愛字，卻好像有一種約定，在每年某個固定的時間裡，那個失意的登山者一定會重新出現。這座山似乎是療傷止痛的最好地方。

然而她一到山中，只要多待上幾天，他總是會自動幫她找個很好的下山的理由。有時候她會覺得不好意思，好像她總是上山來打擾他，但他卻從不讓她有表達的機會，他只會告訴她：「一棵樹苗要花上幾十幾百年的時間才能長大。」她從來也猜不透這句話隱藏的眞正意思。

一個下雨的黃昏，她打開電視，看到森林大火的消息。突然間她焦慮起來，她想到森林中的動物、植物，還有那個在山上種樹的男人。她急著打聽他的消息。她害怕一切都太遲了。她還沒有機會向他表白自己的心意，她總以爲他們之間還沒有開始，直到現在才明白自己心中的渴望。她渴望像一棵樹一樣被他照拂，渴望像一片樹葉接受他的輕撫。

這天晚上，她整夜不安，直到打聽到他的消息，才開始整理行李。她明白該是走向那座山的時候了。只有他陪在她身邊，她才能獲得內心真正的平靜。

經過這麼多年有意無意間的閃躲抵抗，那座山卻始終等待在原地，沒有變卦，也沒有失信，永遠在等著她。她想逃避自己的感覺，卻不知道自己早已愛上了那個種樹的男人。

在雲海的深處，在迷霧的森林裡，那座山永遠以寂靜的姿態表現著沉默的愛意。而這一次，她不會再錯過這樣的訊息了。

詩療・處方箋01

【病名】

愛情尋覓症

【症狀】

身陷情網不自覺，終日渾渾噩噩，到處尋尋覓覓，捨近求遠，不知真愛就在自己身邊。

【藥方】

懷君屬秋夜，
散步詠涼天。
空山松子落，
幽人應未眠。

秋夜寄邱員外・唐・韋應物

「是這樣一個涼秋的夜晚，使我思念起你，於是我在夜晚徘徊沉吟。今夜空靜的臨平山裡，樹上的松子大概正一顆顆的落下，幽居在山中的你，應該也還未入眠吧。」

【療效】

沉默的愛情並非不存在，只要細細體會，總會發現永遠等著你的人。

感情有時是一種累積，在不知不覺中生根發芽，有朝一日會破土而出，只是你從未察覺罷了。驀然回首，才驚覺原來情感早已根深柢固。藉著這首詩，對自己的感情做個檢視，也許你心中早有難忘的人，或是對你重要、深刻影響你的人，卻未曾察覺。這首詩有助於你檢視自己的內在，找到自己的真愛，或許這正是你該向對方表白的時候了。

窗口的微笑

關關雎鳩，在河之洲。
窈窕淑女，君子好逑。

他走在樹林裡，一大片密密麻麻的葛藤遮住了視線，他看不見同伴們的蹤影，大聲的喊了幾回，卻不見有人回覆。

他著急了起來，想要快步疾行，卻感覺兩腿有如千斤重，他低頭一看發現半身陷在流沙中，他努力掙扎但越陷越深，泥漿就快淹沒雙眼，他用盡全身的力量放聲狂叫了起來……。隱隱約約他似乎感覺有人在搖晃他的肩膀，然後他聽見雨水打在玻璃窗上的聲音，睜開眼睛他看見穿著白衣的護士站在床前，才想起他現在是在醫院裡，剛才不過是作了個噩夢，然而他深深地嘆了口氣，心想或許他還是留在夢裡比較好，眞實世界可能才是個萬劫不復的險境。

麻藥退了之後，他全身痠痛不已，似乎所有的骨頭、肌肉都碎裂成千萬片。他剛剛經歷了一場十幾小時的大手術，正慢慢甦醒過來。這條命雖然撿回來了，但他對未來沒什麼信心，因爲醫生告訴他，他只有百分之五十完全復元的機率，也就是說，很可能會留下些後遺症，那會是什麼樣的情景，他不敢再想下去。他像洩了氣的汽球般，無力的瞪著天花板。

病房中一片陰暗，簾幕深鎖，他也不想找人拉開窗簾，似乎這樣的蕭瑟正好適合他萬念俱灰的心境。在昨天之前，他還是個神采奕奕的廣告公司藝術指導，在拍廣告的片場指揮若定。這是一個難纏的客戶，他必須要親自盯場，免得出問題。片場中的化妝室架設在木造的二樓上，他在片場中跑來跑去，上上下下，一個不留神便從二樓窄窄的樓梯上摔下來，當場便昏厥了。

當他醒來時，醫生宣告他的脊椎受到重傷，必須要動手術，但不能保證將來是否還能行動自如。他同意了動手術，但對自己的未來已經萬念俱灰。他一直是廣告界最精英的鬥士，還不想失去戰場，但是現在他只能力不從心的躺在床上，動彈不得。隨著暮色逐漸加深，他感到自己的一生似乎就要如此終了。

幾個星期過後，一天早晨醒來，他被陽光刺痛了雙眼。原來是一名粗心的護士將窗簾拉開來了，陽光恣意灑進來，他皺著眉頭看看窗外，發現對面是個美容院，雖然一大早，店裡的燈已經點亮了，一個年輕的女孩子在窗前擦玻璃，還在落地窗邊放了一小盆花。女孩聚精會神的工作著，臉上洋溢著愉快的神情。

他覺得這個女孩子很勤奮，一大早就起來工作，便要護士將窗簾再拉開一些，可以讓他看清楚一點。突然他看到那個女孩對著他微笑了一下，他有點窘迫，想想又覺得自己多心，也許她是在對客人微笑吧？他猜想著。

慢慢的，他觀察到這個女孩子的雙手十分靈巧，撫弄著客人的頭髮顯得無限溫柔。每個來做頭髮的客人臉上也都帶著幸福的微笑離去。突然之間他覺得也好想去理個頭髮，讓那雙溫柔的手幫他理清三千煩惱絲。他甚至開始嫉妒那些客人，能夠有這樣一雙美麗的手為他們服務。

從這天開始，他變得很想出院，也開始配合醫生做復健。只要一有空閒，他就會盯著窗外，看著那位美麗的女子上演著幸福的喜劇。因為她，他開始有了求生的意志，想要離開陰暗的醫院，走到陽光下，到對面的美容院，讓那雙溫柔的雙手撫弄自己的頭髮。

在不知不覺中，他已經愛上了那位美麗的女子。只要他能出院，第一件要做的事就是去找她理個頭。

兩個多月時間過去了，經過積極復健治療後，他表現出超乎醫師預料的良好復元狀況，讓所有人驚訝不已。他終於可以如正常人般的出院。出院當天，同事來接他回家。他卻想去一趟公司，因爲聽說上次拍的廣告客戶非常滿意，要求他一出院就要再拍第二支。

到了公司之後，埋首在工作中，突然之間他又回到從前那個熱愛工作的拚命三郎，完全忘了躺在醫院病榻時曾經萌生退意，想要去雲遊四海才不辜負此生，忘了在病床前所有的念頭，更忘了要去理髮的事。時間匆匆過去，一天上班時，一位女同事提醒他該去剪頭髮了，因爲明天客戶要來看毛片，他自從住院就沒理過頭髮，現在長髮已經披肩了。

聽到剪髮兩個字，他像是被雷打到似的，突然從椅子上跳了下來，同事被他嚇了一跳，以爲發生什麼事情，只見他匆匆放下手邊的工作，說了一聲：「我出去一下！」便飛也似的朝外面奔去。

他急忙跑到醫院對面的那家美容院，想要找那個美麗的理髮小姐，但是店裡的人惋惜的說：「她出車禍了，現在住在醫院裡。眞可憐，那麼好的女孩子，每個客人都來打聽呢！」

問清楚她住在哪家醫院之後，他一分鐘也沒耽擱便趕往醫院。原來她出車禍的那一天，就是他出院的同一天。他早上離開，她當天晚上就送入醫院，進了同一間病房。那天她加完班剛走出大樓門口，便被一輛疾駛而過的轎車撞上。她得了腦震盪，頭上身上插滿了管子，面無血色的躺在那張似曾相識的病床上。他內心無限懊悔和愧疚，不斷的自責：如果那天他一出院就去找她，也許他們會談很多話，或者晚上他會請她一起吃飯，謝謝她拯救了他的生命，然後他會送她回家，可能她就不會出車禍了。

就在這一天，他決定把工作辭掉，每天陪在她身邊。他在病床前日夜不息的照顧她，他看著這個曾經充滿微笑的臉龐現在毫無生氣的閉著雙眼，讓他更決定要緊緊握著她的手，直到她醒來爲止。畢竟，如果不是因爲她，他早就喪失了求生的勇氣。看著昏迷不醒的她，他默默地許願，要照顧她一輩子。

有一天，他在病床前打了一個盹，突然之間，覺得她的手指在他掌心裡動了一下。他驚醒過來，發現她的眼皮在顫動著，慢慢的她張開了雙眼，看到他時，臉上出現了一抹神秘的微笑。那是他非常熟悉的窗口邊的微笑，一定是個很好的徵兆。

她奇蹟似的康復之後，他便帶她回到南部的鄉下，在小鎮上開了一家美容院。每個來理頭髮的客人也總是帶著幸福的微笑離去。常常覺得，他們兩人的相遇是命中注定，如果不是因爲那個窗口邊的幸福微笑，也許他們始終只是兩個陌生人。

只是多年之後，他仍然忍不住問她：「當初妳醒來時，爲什麼會對著我微笑？」

她總是神秘地笑說：「因爲我在窗邊看到過一個跟你一模一樣的男人。」

詩療・處方箋02

【病名】

愛情失調症

【症狀】

對工作或某些事情過度專注和著迷，當成是生活的全部，而忽略了愛情也是人生中的大事，嚴重時甚至喪失了追求真愛的能力。

【藥方】

關關雎鳩，在河之洲。
窈窕淑女，君子好逑。
參差荇菜，左右流之。
窈窕淑女，寤寐求之。
求之不得，寤寐思服。
悠哉悠哉，輾轉反側。

詩經・關雎節錄

「在黃河中的小洲上，一對雎鳩鳥正相互唱和著。美麗善良的好姑娘，是男子們心目中的好配偶。流水中的荇菜長短高低不相同，需要用左右手一起順著流水採摘。美麗善良的好姑娘，我無論在清醒與睡夢時，都在努力追求著她。追求不到，我只得在夢中不停地思念她，不斷地想念她，致使我翻來覆去，無法成眠。」

【療效】

美好的愛情並非不存在，有時是因為你忽略了它，讓它迎面飄來，卻隨風而逝。別讓緣分擦肩而過，理想的對象，也需要付諸行動才會有收穫！

在你的生命中，所謂真正幸福是什麼？也許你把工作視為生活重心、幸福的來源，倘若有天你發現那並非生命的全部，你的生活出現缺口，因為你缺少了愛與關懷。這首詩提醒你，當你生命中出現缺口時，要記得追尋愛、找尋愛，幸福是要自己去追尋的。

心情咖啡店

谷口春殘黃鳥稀，辛夷花盡杏花飛；
始憐幽竹山窗下，不改清陰待我歸。

她在辦公大樓林立的大街後面，一個安靜巷弄中開了一間咖啡店。那一天，她的工讀生臨時請假，一時之間找不到幫手，她只好所有的事都自己來，內場外場忙個焦頭爛額。

午餐時分，店中陸續出現了一些熟客，大部分都是在附近工作的上班族。她中午提供的精緻簡餐經濟實惠，附咖啡或紅茶，還有特製的甜點，因此很受上班族歡迎，每天中午都座無虛席。

雖然是這樣的混亂忙碌，以她職業的敏感度，她還是注意到靠窗的桌子坐了一位陌生的客人。那個人佔了兩個位子，說是要等朋友來。但是直到午餐時間已經結束，他等待的朋友還是沒來。雖然在最忙的時候，門外有人在大排長龍，她卻也不好意思提出要他讓一下位子的要求。畢竟，她就是因爲這樣的體貼入微，客人才會不斷的上門。而少賺了一個客人的錢，卻贏得客人的心，一直是她的經營哲學。

過了一點多，整個咖啡店就清靜下來了。那個陌生男子卻還是坐在那兒，一動也不動。她則忙著收拾桌面，沒有時間去理會這種典型的都會男人。過了一陣子，她到那個男人的桌邊加水，他剛好在打電話，她聽到他很小聲但很堅持的對著手機說：「沒關係，我會在這等妳的。」

他說完掛上電話，又默默看著窗外。直覺告訴她，聽電話的是個女人——蓄意失約的女人。一直忙到三點多，所有的工作都告一個段落，她才發現那個人還是坐在老位子上，一臉落寞的表情，似乎說明了整個故事是一場悲劇。

本來四點多是她休息的時間，同時廚師也要忙著準備晚餐。晚餐的客人大多是鄰近的住家，因此不能只做簡餐，還得做些特殊的菜餚才能吸引客人。

這時店中只剩下他一位客人，不知道爲什麼，她還是讓他繼續坐下去。她甚至在想，萬一那個女人在他離開時出現，那麼這一下午的等待不都白費了嗎？

過了一陣子，她又開始忙碌起來。等到天色漸漸暗了，快到晚餐時分，那個男人卻還是待在那兒，一點也沒有要走的意思。看到這人如此執著的等待，她的心中有點奇妙的感動。她回廚房張羅了一會，然後端了一個托盤走到靠窗的桌邊輕聲的說：「要不要嚐嚐看我做的清蒸魚？」不等他回答，她便自顧自的上起菜來。

正在沉思中的他嚇了一跳，連忙說：「我沒有點菜呀！哦，對不起，已經這麼晚了，我好像該走了。」她卻笑著說：「不要緊，這是招待的。本店的招牌菜，請你嚐嚐看。」

他正要推拒，肚子卻咕嚕的響了一聲，顯然是肚子餓了。「我看你已經在這裡坐了一個下午，什麼也沒吃，一定肚子餓了，嚐嚐看吧！」她連忙順水推舟的說。聽到她的話，那個人似乎在心中嘆了口氣。他拿起筷子，勉強嚐了一口魚，就在這時候，他的表情起了奇妙的變化，原本陰鬱的臉色突然開朗起來。他興奮的說：「這個魚眞的很好吃！奇怪，我從來沒吃過這麼好吃的魚！」他止不住的讚嘆著，於是從這盤魚開始，他打開了話匣子。

原來他在一家電腦公司的行銷部工作，今天來這裡是要跟一位心儀的女子見面。女孩子的公司就在附近，他們是因爲業務上的往來才認識的。雖然兩人認識許久了，但卻一直沒什麼進展。前幾天他好不容易說服了她，約她今天出來吃午餐。沒想到她臨時又說有事走不開，要晚一點才有空。爲了怕她來了，他卻走了，所以他一直等著，沒想到她還是放他鴿子。他像個受傷的孩子，一股腦的和盤托出自己的心事。她則是善解人意耐心的聽著。

那天之後，他就變成了店裡的常客。他常常在午餐的時間刻意繞到店裡，一面嚷著餓一面主動幫忙收拾客人用剩的餐盤，而她總是會特別親自下廚燒幾道私房菜，然後看著他用讚美的神情將桌上的菜餚一掃而空。接著他會和她分享今天發生的事，彷彿他們已是相交多年的老友。但許多時候他眼底總不自覺的流露著幾分落寞，她心裡很清楚，他之所以勤於出現，是因爲他想等待奇蹟出現，或許那天中午，那個女孩會跟一群同事一起出現在這家咖啡店裡，那樣他就可以「偶然的」遇見她了。

不知不覺，他們兩人之間也逐漸形成了某一種的朋友關係，這家餐廳也成爲他們互訴心情的咖啡館。她告訴他自己當初爲什麼會從事餐飲業。當年她還是個一般的上班族，有一回被公司派到國外出差，因爲時差的關係她精神不濟，會議中所提出的案子完全被客戶否決了，她的心情跌到谷底，回旅館的途中，她經過一家小館子，聞到陣陣食物的芳香傳來，於是她忍不住進去吃了一頓至今仍令她回味無窮的美味。這頓飯讓她茅塞頓開，想出精采的好點子。

第二天她重新提案，當場便獲得客戶的首肯，爲公司的業績立下戰功。回國後不久，她便決定辭職，專心學習做菜，然後開了這家餐廳。「我發現食物對人的影響力很大，希望我做的菜能激發上班族更多的創意！」這也是她選在辦公區開店的原因。

他則常常會跟她提起自己暗戀的女子，而年紀較長的她也會充當軍師，自告奮勇的爲他分析解答。有一天他問她：「如果她過生日，我該送什麼樣的禮物呀？」

她哈哈大笑起來：「二十多歲的年輕女孩子會喜歡三十歲老女人的建議嗎？」他看了她一眼說：「妳爲什麼要這麼說呢？妳一點也不老，更不是老女人。有時候我覺得妳比我還年輕呢！」

她的心中有點感動，但理智告訴她：「這不過是一種美妙的說辭！我跟他之間仍然隔著千山萬水。」不過她還是努力地用盡心思。她想起自己最愛的水晶項鍊，也許這個讓他費神苦追的女孩也會喜歡晶瑩剔透又浪漫的水晶吧！於是她向他提出這個建議。

過了一個月，原本幾乎每天都出現的他突然消失了蹤影。一天兩天過去了，她突然想念起他來，便忍不住打了個電話給他。在電話那頭的他顯得小心翼翼的：「我正在跟朋友看電影，對不起，不方便說話了。」她掛斷電話，心中突然了悟，那個「朋友」一定就是那個女孩。或許他已經找到眞愛，再也不需要她這個心情咖啡店的老友了。

一個星期五的中午，午餐時間過後，她決定要打烊休息了。因爲這一天是她的生日，她打算要好好的慰勞一下自己。自從兩年前開業到今天，這還是她第一次休假呢。

她剛收拾好東西，準備要關門時，忽然接到他的電話，說等一下要給她一個驚喜。一會兒，她便看到他老遠的拎了一個蛋糕走來。她怔了一下，心想：「難道他知道今天是我的生日？」不過她馬上明白過來，因爲跟著他一起走過來的是一個留著長髮，打扮入時的年輕女子。他興高采烈的進了門，向她介紹說：

「這就是那天我在等待的朋友，今天是她的生日耶！」

雖然她的心中有一種莫名的失落感，卻仍然打著招呼，那個女孩子愛理不理的點了頭，他仍然興致勃勃的說：「今天要請妳做幾道私房菜，來爲她慶生。」

她張羅他們在靠窗邊的位子坐下，這時廚師已經走了，她便自己進廚房煮菜。在上菜的過程中，她慢慢聽出來這個女孩子是跟自己的男友吵架了，才勉強跟著他出來的。女孩說她其實一點也不餓，也不想過什麼生日，更何況蛋糕吃了只會發胖，她絕對是一口都不會碰的！

而他一臉幸福洋溢的表情，完全不在乎女孩子的說辭，只是一個勁的要她多吃一點。就在這時候，女孩的手機響了，她接起電話，講了沒兩句，眉眼裡盡是笑意的說：「好吧！我馬上來。」

說完，她立刻起身離去，桌上的菜餚沒碰過一口，蛋糕也沒打開來，連放在一邊的生日禮物也都沒有拿。他悵然的呆在原地，什麼胃口都沒了。他知道這一定是她男友打來的電話，這許多日子以來，自己只不過是白費心思罷了。

看到他的失魂落魄，她也不知道要如何安慰他了。在這樣的時候，說什麼都是多餘的。突然之間，他站起身來，似乎打算要離開了。走到櫃檯前面時，他不經意發現廚師送的一盆鮮花，上面掛著「祝妳生日快樂」的卡片，他對著她說：「原來今天是妳生日！眞抱歉，我不知道是妳生日。這樣吧！不知道妳介不介意，這個生日蛋糕還沒動過，就當作是給妳慶生的蛋糕吧？這份禮物也請妳收下。」

她笑了，很高興他還有這樣的心情。於是她把店門關了，兩個人眞的一起慶生起來。他們吃了上面寫著別人名字的蛋糕，還把被遺棄的生日禮物打開來，裡面竟然放著她最喜歡的水晶項鍊。她笑得眼淚都快流出來了：「你看吧！我早就告訴過你，三十歲老女人的點子是不管用的！」

那天他們談到深夜，離開咖啡店時，他忽然問她一個他從來沒有問過的問題：爲什麼她的清蒸魚會燒得這麼好吃？她定定的看著他的眼睛回答：只有最新鮮的魚才能做這道菜！她從來不推薦紅燒魚給客人，因爲過多的調味料和醬油，往往只爲了掩飾不新鮮的魚腥味，她還是比較喜歡原味、自然的感覺。他表情怔忡的望了望天邊的星子，然後心事重重、不發一言的踏著步伐走開了。

第二天一大早，她一如往常到店裡去。誰知到了店門口，竟然看到有人貼了一張字條，上面寫著：「今日公休」四個字。她心想：「這是誰在跟我開玩笑？雖然今天是星期六，還是有客人要上門的呀！」

她正要撕掉字條，突然他從她身後冒了出來，手上還拿著兩根魚竿。他笑著對她說：「今天風和日麗，正好適合釣魚。我們一起去釣幾尾新鮮的魚。妳也該教教我做清蒸魚這道拿手好菜了吧！」

她看著他，眼中閃爍著淚光。她知道，他再也不會去追逐那個耀眼卻不屬於他的星子了，他終於嚐出清蒸魚眞正的味道了。

詩療・處方箋03

【病名】

愛情盲目症

【症狀】

追求不屬於你的星星，經常為了討對方歡心而費盡心思，但卻白花力氣，徒勞無功。

【藥方】

谷口春殘黃鳥稀，
辛夷花盡杏花飛；
始憐幽竹山窗下，
不改清陰待我歸。

暮春歸故山草堂・唐・錢起

「谷口的春天已經凋殘，一身翠羽的黃鶯逐漸稀少，芳烈純白的辛夷花全部落盡，嬌豔的杏花也開始飄飛。現在，失意落寞的我才感到故園山窗下，那棵幽竹的可愛。無論我得意一方或是失意落寞，它始終留下一片綠蔭，默默等待我的歸來。」

【療效】

結束一段刻骨銘心的淒美愛情，失意落寞的人終於感覺到默默待在身邊的人，雖然不是如此亮麗，卻是真心對待的。

在愛情中，我們有時會被激情蒙蔽雙眼，這樣的盲點，使我們往往費盡心思去追求根本不適合自己的人和遙不可及的感情，忽略始終守候在身邊，與你心意相通的那一位。這首詩提供你一個不同的思考空間，美麗的花朵總是格外迷人，但開放時間短且飄渺；山窗的幽竹卻與你接近，一年四季翠綠，永遠守候著你，追求短暫而不切實的感情，哪比得上細水長流的真情呢？

高山上的藍鵲

別來滄海事，語罷暮天鐘；
明日巴陵道，秋山又幾重。

晨曦初露的山巔散發著迷濛的光彩，他一個人走在山路上，心中有著想要高歌的情緒。這是他最後的一個暑假，他想要好好利用一下，一方面幫出版社製作高山藍鵲的生態紀錄，一方面也爲自己的大學生涯寫下一個完美的結局。

走過一段充滿蕨類植物的陰暗山徑，他來到了一個斜坡上。就在斜坡底下，清澈見底的湖水閃爍著夢幻般的光彩，陽光與雲影在上面流轉變化。這難得的景象讓他想要立刻親近這一湖的澄澈。誰知腳底一滑，他就順著斜坡滑到了湖裡。他的腳碰到冰冷刺骨的湖水時，心中唯一的念頭是：「完了！」繼而又想：「也罷！如果這一生因爲這樣的美麗而死，也算死而無憾了。」

突然間，一隻溫暖有力的手抓住了他，順著青苔滑下去的身子停住了。他轉過頭來，看到一雙圓睜的大眼睛，眼中反映著藍色光影。「先生！把手伸過來，我抓住你了，慢慢來。」他來不及說謝謝，順從的伸出手，讓那原住民女孩將他救上岸來。昨晚他投宿在一個部落裡，其中一戶人家的女兒一大早就悄悄跟他走了一大段山路，他卻沒有察覺。

到了安全的地面之後，女孩和他在青草地上坐下。他忙著整理照相器材，並慶幸著相機沒有落入水中，而她則在陽光下梳理起一頭黝黑的長髮，一邊隨興的唱起山歌。當他忙完一切，轉過頭來，便看到這優美的畫面，他忍不住拿起相機，喀嚓一聲拍下了這張照片。照片中的她眼中帶著神秘訊息，清澈明亮的雙瞳有幾分淡淡的憂傷。在陽光下飛舞的頭髮水珠四濺，像是水晶般閃爍動人。他忍不住想這是山裡女孩的獨有氣質，或者是正值豆蔻年華的她心中藏著不爲人知的心事？

那天她跟著他一整天，到處尋找高山藍鵲的蹤影。在一整片的叢林裡，她突然要他安靜下來。他抬起頭來，順著她的手勢，果然看到一雙藍鵲的身影，長長的尾巴旋轉不定，藍色的羽翼有如寶石般光華。這是他尋找這麼多天以來，第一次看到高山藍鵲。他捕捉到許多畫面，心中感嘆著，這些瀕臨危機的鳥類是否能長久生活在高山上的林間？

午后，少女與他一起返回部落。她拿了一些褐黃色的愛玉子來，要他跟著一起做愛玉冰。他不清楚要怎麼做，只是依樣學樣地跟著她將愛玉子包在布中，放到冰涼的山泉中揉搓。不久一盆山泉水便混濁起來，愛玉子的凝膠溶解在水中。她笑著將愛玉凍放到山泉裡涼透，過了一陣子，就端來一碗淡黃色的愛玉冰。他有點不好意思的說：「今天眞的很謝謝妳。如果沒有妳，可能我就回不來了。」

她害羞的低下頭，小聲的問道：「你要回台北了嗎？」

「嗯！我打算下禮拜才回去。」原本他計劃拍到高山藍鵲後便束裝下山，但不知是什麼原因讓他決定延後一些時間。聽到這個答案，她的臉一下明亮起來。她抬起頭來，興奮的說：「那我幫你拿相機好不好？」他答應了。於是那幾天他的身邊就多了一個小助理，幫他拿東拿西。每一次高山藍鵲出現時，也都是她在旁提醒他。慢慢的，他知道了她的處境。

這個夏天過去，她就要從國中畢業了，她不想畢業，因爲爸爸在等她畢業，明年好把她賣到城裡。他們家實在太窮了，她不怪爸爸的決定，只是她實在不喜歡城裡，她想留在山裡，永遠都不要下山。

臨別的那個晚上，他告訴她：「妳不要著急，明年我一定會再來，我會幫妳想想辦法的。」他回到台北之後，交代了工作，便開了一次畢業個展。展覽非常成功，許多人都驚嘆著他對台灣生態的關心與付出，尤其是那個畫面中閃爍著陽光的女孩更是話題的焦點。每個人都問他那是誰？他卻笑而不答。

畢業之後，他忙著考研究所、當兵，完全沒有時間再回山上。但是他從來就沒有忘記過自己的約定，總有個聲音在心裡提醒他有一天要再回去。在一次夏季的颱風過後，他聽說山裡出了問題，便決定上山一趟。回到舊日的棧道，所有的景物全都消失了。古老的村落已經不見了，只剩下幾戶臨時搭建的平板房。他向一個老人探詢：「原來住在這裡的人家都到哪裡去了？」老人嘆口氣說：「幾年前就搬走啦！我們這裡一碰到颱風就完了，山崩落石，好多房屋都垮了。也不知道還能待到幾時？」

他呆站在荒煙漫草中，心中悔恨著自己的失約。那一年他沒有依約回來，會不會她已經被賣入酒家，成爲都市遊魂了？還是在風災中葬身於崩坍的黃土瓦礫中？他想起她那雙溫暖而有力的手，曾經救過他的命，曾經在陽光下梳理著秀髮，曾經爲他做過愛玉冰，現在卻什麼痕跡也沒有留下來。他落寞的回到台北，幾年後成爲著名攝影師。每個來採訪他的人都會提到他在山中拍過的那張照片，那雙清澈的眼神是誰也不會忘記的美麗。而他依然笑而不答，只是臉上多了一點落寞。

前年夏天，他又回到原來的山間小徑。現在的他已近中年，鬢邊也有些許的白髮。這個山區有些地方已經被開發出來，入山處也成爲商店和攤販集中的地點。他曾經好幾回開著車上山，但再也拍不到高山藍鵲了，牠們像謎一樣的消失了。

這一天他又來到山腳，他計劃要更深入山中，他相信平地的干擾已經將高山藍鵲趕到更深的山裡了。就在入山前經過那堆攤販時，突然他看到一個少女，手中端著一盆愛玉匆匆而過。他突然站住了，眼睛緊盯著那個女孩。他在這個青春少女的眼神中看到了什麼。那是一雙他熟悉的眼神，曾經是他追尋過的眼神。

他跟著少女走到一個攤位前，一位高眺纖弱的婦人正在整理著桌面，那模樣與神情讓他心中一動。他看到她了，眼神依舊清澈動人，長髮一樣飄逸浪漫，但卻已爲人婦，已爲海角天涯的陌生女子。他激動得說不出話來。婦人抬起頭來，安安靜靜地跟他說了聲：「先生，要不要來一碗愛玉冰？」

然後看到他身上的攝影器材，她立刻停住，仔細打量起他來。兩個人都有點不敢相認，卻又都認出彼此。原來當年她趁著颱風來襲，悄悄逃到城裡，找到在工廠工作的鄰村好友阿桃。阿桃跟她一樣，寧可在工廠工作，不要被賣到酒家。她在工廠打工，認識了一位年長但很照顧她的工人，兩人結了婚，生了女兒。前幾年，先生病死了，欠了好多錢，爲了還債，她除了替人幫傭，還做縫紉修改衣服的工作，日以繼夜操勞，終於把債務還清，日子再苦也終於熬過來了。現在女兒也漸漸大了，於是她決定回到故鄉，並且在山下租了攤位賣愛玉冰賺取生活費。

他有點不好意思的說：「當年我沒有回去，實在是因爲……」她用了解的眼神阻止他說下去，只是要他多喝幾碗山泉沁涼的愛玉，希望在他消暑解熱之後，繼續打起精神尋找高山藍雀的行蹤。他拿起相機，爲她拍了幾張照片。照片中的她依舊神采動人，一雙眼睛中寫滿了生命的滄桑，仍然是那樣的神秘，不可捉摸。

他覺得她就像那隻高山藍鵲，瀕臨絕種，卻又克服了萬難，堅強的活下來。他知道，在這雲深不知處的高山裡，永遠會有他們的蹤影。而他，只要不放棄希望，就一定會找到牠們的。

詩療・處方箋04

【病名】
感情牽掛症

【症狀】
人生旅途中巧遇知音，分別後心中如有一塊大石，始終放心不下，走過千山萬水，依然惦念對方。

【藥方】

十年離亂後，長大一相逢；
問姓驚初見，稱名憶舊容。
別來滄海事，語罷暮天鐘；
明日巴陵道，秋山又幾重。

喜見外弟又言別・唐・李益

「十年來的動亂使我們分別，沒想到長大後竟能意外相逢。初見到你，我驚訝於你的身分，沒想到細問下來，才想起你就是十年前與我一起嬉戲的表弟，我端詳著你的容顏，但記憶中的你還是小時候的模樣。十年闊別，一朝相遇，這段時間來，人事、社會的變化，就如同滄海桑田，令人無限感慨。我們興奮地從早到晚述說別來的諸多事情，直到黃昏時遠處傳來的寺院鐘聲，才驚覺時間已飛逝。想起明日你又將踏上往巴陵的道路，這一去，秋山阻隔，千山萬嶺，你我又不知相隔多遠啊！」

【療效】

闊別多年，再見到你時，心中依舊是如此激動。就把握這片刻時間，再次記憶你的所有，留待分別後細細回想。

人與人之間有時會超越男女之情，產生心靈相知的感覺，這樣的感情格外珍貴，那就像是在黑暗中交會時互放的光亮，也許會照亮你的一生，也許成為你一生努力的能量。這首詩說明人與人之間相逢自是有緣，人間有相逢，也有分離，心靈交會勝過長期的相處，超越時空的感情更難能可貴。

第二卷

失戀

下午茶之戀

海上生明月，天涯共此時。
情人怨遙夜，竟夕起相思。

來往港台兩地的飛機，總是沒有片刻安靜。她聽著身旁女伴們討論要到何處購物，每個人眼中都散發出專業的光彩。她笑著審視周圍朋友，如果不是自己即將結婚，請她們幫忙置裝，實在很少見到她們如此光彩動人。結婚的瑣事已經夠讓人心煩的了，因此這趟香港之行，完全任憑好友們打點，她只想趁機會到國外透透氣，舒緩一下緊繃的情緒。

香港，眞的是採購的天堂，她跟著朋友們從新世界百貨逛到太古廣場，一件件華麗的衣服從眼前流過，但她的心思卻未停下來。看到店家櫥窗中映出來的身影，人生中的結婚大事，似乎不是那麼的確定。

即將與自己共度一生的他，是人人稱羨的三高，五年來的交往，也使她很篤定地認爲，他就是未來的伴侶。但是「香港」兩字，彷彿是心中的蛀蟲，將一顆滿滿的心腐蝕得不成形了。她心中明白，自己必須要徹底將這隻蛀蟲揪出，才能用圓滿的心，去迎接自己一生中最重要的男人。

來到香港三天後，她以身體疲倦爲藉口，匆匆將朋友打發出去後，就獨自倚著窗檯，看維多利亞港中的船隻來來回回。她小心翼翼的從記事簿中，拿出一張寫著電話號碼的小卡片，決定打了這通電話，然後安安靜靜的吃一頓早餐。電話的那端以驚訝的口氣，答應在下午茶時間，來半島酒店找她。掛了電話，她終於鬆了一口氣，畢竟這跨出去的第一步得到了好的回音。於是她好整以暇的等待下午茶時間的到來。

下午茶，是他們第一次見面的情形。當時在台灣的大學校園中，還沒有流行喝下午茶的習慣，下午的課間休息，同學們不是討論晚上出遊，就是趴在桌上休息。唯有他，每到下午四點的下課，他總會帶著保溫壺和一小袋餅乾，悄悄來到二樓的交誼區，坐在沙發上用保溫壺的瓶蓋，將就著喝起下午茶。舒適而優雅的神情，彷彿時間凝滯在他的周遭，其他人的喧鬧都無法侵入他的下午茶世界。下課時間很短，但他總會剛好吃完點心、喝完茶，洗好杯子後又準時的坐在教室裡。

就是這樣的獨特自我吸引了她，她也開始有了下午茶的習慣。像是秘密般，下午四點，她也會品嚐小點心，再啜上一口花茶，優雅的享用屬於自己的時光。於是，她開始瞭解他為何要喝下午茶，甚至她會在有課的下午，帶著保溫壺與小點心到二樓，與他靜默地享用各自的下午茶。他們開始習慣兩個人的下午茶時光。大學時期，兩人一起度過一千零一個甜蜜的下午茶時光，因爲這短短時光，讓他們體會出更多的生命眞諦。但大學畢業後，他卻面臨了離開的抉擇，身爲香港人的他，在家中要求下，不得不選擇回到香港找工作。於是，在第一千零二天的下午茶時，他向她求婚，並且要帶她回香港定居。

他們分手了，沒有爭吵，也沒有咒罵，只是充滿了不得不的遺憾。他回到香港，她則留在台灣開始上班族的生涯。逐漸地，兩人間的聯絡越來越少，似乎空間已將兩顆心畫上界線，最終，她埋首於工作中，忘了遠在香港的他。

這樣的日子過了十年，如果不是因爲要結婚了，她或許不會曉得自己心中隱藏著如此深刻的遺憾。半年前當未婚夫向她求婚時，她是那麼歡喜，但卻隱約感覺到自己的心並不是百分之百的喜悅，總會覺得有件事必須在結婚前完成，自己才能了無牽掛的迎接新生活。這情緒繚繞在心頭許久，未婚夫見她高興的神情中帶著些許茫然，還以爲她是爲了結婚瑣事而疲倦，因此就建議她道：「請 Amy 她們陪妳去香港買些禮服、首飾吧！」

「香港」兩字，彷彿是當頭棒喝，頓時，她明瞭自己心中的遺憾爲何。但是，事隔五、六年，早已不知他人在何方，要問起同學，又擔心他人會笑她「不安於室」，正在沒主意時，忽然見到辦公室對街有家徵信社的招牌，於是，她決定要讓自己了無遺憾。

拿著一本大學畢業時的通訊錄，原以爲尋人的過程會困難重重，沒想到徵信社只花了三天，就找到他的下落。小卡片上寫著的頭銜是：香港中文大學講師。想來他回香港後，肯定十分用功，才能得到大學聘書。但時光飛逝，她已沒辦法想像他現在會是什麼模樣？是古板的老學究，還是依舊優雅呢？這麼多年後，他是否還記得這個曾經讓他傷過心的女人？不可知的下午茶時光，引發不確定的因子，使她坐立難安。

下午三點半，她坐在大廳旁的下午茶區，看著人影在眼前飄過，每個經過的人，她都努力想要將記憶中的他連結上，一種彷彿熟悉卻又陌生的感覺油然而生，她不能確定他是否真的會來。四點了，她放棄尋人的努力，被動地窩在椅子裡，等待著被人發現。突然，入口處一位身穿黑色大衣，搭配一條灰色毛料圍巾的中年男士吸引住她的目光。

「是他！」她告訴自己。但是她只是直楞楞的盯著他看，直到他遠遠地看到椅子裡的女人，朝這邊筆直的走來，她才驚覺得站了起來。他走到面前，問道：「是妳嗎？好久不見，妳還是一樣美麗。」他還是一樣優雅與體貼，她感覺眼眶微微的濕了。

他們坐下來，享用著精緻的英式下午茶。一杯茶的時間過去，他知道她來香港的目的後說：「我在結婚之前，也曾想過要找妳說說，但是我沒到台灣，這件事就一直擱在心中。很高興妳能來找我，讓我也能了結長久以來的遺憾。」

他將回香港後的生活娓娓道來。當時，爲了療傷，他將全部心力放在課業上，才能在短時間內取得博士學位，而且以優異的成績獲得學校的聘書。之後，他與同校的一位年輕女講師相識、戀愛、結婚、生子，如今小女兒都兩歲大了。

「我的小女兒已經能和我們一起喝下午茶了！」他說，臉上充滿甜蜜的笑容。

「我認爲，下午茶是我的幸運時間。」他說，「十年前因爲下午茶而認識妳，這是我在台灣最美好的回憶。五年前，我又因爲喝下午茶而認識我太太，現在連小女兒也加入下午茶行列。我一生中最重要的女人，好像都是下午茶帶給我的。」

她想起那段拿著保溫壺喝下午茶的情形，不禁歎息道：「年輕時候，只要兩人在一起，不管再簡單的生活環境都很美好！」他笑著說：「這或許是我們用過最棒的下午茶！」她微笑地點著頭。

這天晚上，她拋下展示著新衣的女友們，獨自坐在星空酒吧中。二十八樓的高度，讓維多利亞港的燦爛夜景盡收眼底。一輪明月高出在大樓之上，即使港灣邊的燈火輝煌，但也掩蓋不住滿天的皎潔。沐浴在月光下，她感到前所未有的平靜，終於能以完整的心去面對即將到來的婚姻。今天的會面，雖然是背著未婚夫悄悄進行，但卻是給他最好的結婚禮物。

她掬起一把溫柔月光，送給或許不再相見的他，遙祝他往後日子一切平安順利，然後再捧起滿滿月光，送給在台灣等她的未婚夫，告訴他自己就快回台灣了。

詩療・處方箋05

【病名】

婚前恐慌症

【症狀】

對於沒有結果的往事念念不忘，愁眉不展，心有千千結，悵然若有所失。

【藥方】

海上生明月，天涯共此時。
情人怨遙夜，竟夕起相思。
滅燭憐光滿，披衣覺露滋。
不堪盈手贈，還寢夢佳期。

望月懷遠・唐・張九齡

「光輝燦爛的滿月，從海面上冉冉升起，我們雖然無法聚在一起，卻能同時見證這月光如水的時刻。夜晚，是如此的漫長，雖然我們不久前才分別，但此時的我已經開始思念著你的種種。我熄滅了燈火，只為了讓這溫柔的月光灑滿全身，沈浸在露水與月光的迷濛中。我不自覺地伸出雙手，想掬起水漾的月光，只見它不斷地從指尖流瀉。我無法將這月光送給你，只能將一片心意融化在月光之流，傾瀉到你甜美的夢境之中。」

【療效】

愛情最美的時候，就是在愛的當初。因此，即使是個不完美的結局，也要說一聲：「謝謝你曾經愛過我」。

其實人的內心，多多少少藏著屬於自己的心事，那是屬於自己的心情，唯有到某個時刻，忽然清醒過來，就如同故事中的女主角即將要結婚了，但錯過的愛情仍然是心中最珍貴的記憶。這首詩讓你體會到彼此因時機錯過，沒有答案，但情分卻保存下來，讓人牽掛，因此在做人生抉擇之前，會想替未完成的事找到答案，才能安定下來，錯過的便畫下句點，一切戛然而止。做一個清楚的了斷，讓未表白的心情有一個交代，放下感情包袱，了無牽掛展開屬於自己真正的生活。

失落的戒指

問余何意棲碧山？笑而不答心自閑；
桃花流水杳然去，別有天地非人間。

假日的午後，她心情愉快的走在一間位於市區的進口家具賣場中，正聚精會神的挑選合意的家飾用品。其實，她是不喜歡逛街的，擁擠的人群總讓她感到渾身不自在，然而今天四周嘈雜的人聲，卻一點也不影響她的興致。

幾天前設計師打電話來報告，新居可以在下週完成裝潢，一間完全屬於她的小窩，終於在獨力打拚多年後即將成形，怎不令她雀躍萬分，即使再嘈雜的聲音，此時在她耳裡聽來也如一首華麗的交響曲。趁著假日到家具賣場挑一些喜歡的家飾，才能在設計師的規劃中，妝點出個人的特色。

逛了半圈，她終於在窗簾區停下腳步。墨綠色的雪紡紗窗簾，微風吹過半透明窗簾晃得發亮，彷彿春天的氣息隨風飄送。她當下決定買了四套，要掛在床邊，讓自己天天睡在春風的薰陶中。

「噹啷！」清脆的玻璃碎裂聲，和不遠處傳來一陣的怒罵聲夾雜些哭泣聲，把她從自我陶醉中拉了回來。原來是一個小孩不小心將玻璃花瓶撞倒，碎了一地，一旁的爸爸生氣的直罵小孩，小孩害怕地大哭，背著大包小包的母親趕忙上來哄小孩，沒想到爸爸見狀，竟然連妻子也一起罵：「都是妳平常不好好管教，才會惹出事情……」

「打破東西就要賠錢，妳以爲錢是好賺的嗎？每分錢都不能隨便浪費！」

「哭什麼哭，就只知道掉眼淚！」

做父親的連珠炮似的開罵，彷彿對方犯了天大的過錯，也不管身旁許多人指指點點，只顧大聲怒斥自己的妻兒。他的妻子，眼中帶淚，一副害怕的樣子，抱著孩子瑟縮在一旁，毫無能力的抵擋丈夫滔滔不絕的怨氣。

站在遠處的她，覺得這個男人也太過分了，很想上前去說句公道話。正要舉步時，她忽然從這個男人的身上，發現了一股熟悉的味道。雖然比起以前是稍微的胖了，但是那獨特的表情與微微上揚的語音，使她不得不相信，的確是多年前的他。

認識他，是十多年前的事了。

當時，她是大學一年級的新生，他是同系二年級的學長。剛接觸到大學課業總是千頭萬緒，她常常會和同學到圖書館溫書，小論文的撰寫更是令人不知從何下筆，而他正好在這不知所措的時刻中出現，時時指導她溫書的方法、資料蒐集的方向，以及論文的寫作格式，就這樣，很自然的他們成了大家口中的系對。

眞要問她爲什麼會和他在一起，似乎不是非君不嫁的專情，也不是源源不絕的愛情滋潤。他們既沒有沖昏頭的激情，也不是心靈契合的神仙伴侶，甚至可以說，他們兩人沒有什麼興趣是一致的。

他喜歡吃辣，每次吃飯總喜歡選擇以辣聞名的店，她卻是連胡椒都不愛吃；看電影時，他總選擇驚險刺激的恐怖片或動作片，可是她卻喜歡纏綿悱惻的愛情文藝片；週末假日，她喜歡去戶外踏青，他卻寧可窩在橋藝社玩橋牌。「習慣」，就是他們每天在一起的唯一原因。

於是，她從大學一年級開始「習慣」他，畢業、找工作，到工作穩定的這十年，她都習慣有他在身邊的日子，雖然，他就像白開水一樣，淡而無味，但是要拋棄卻又令人覺得可惜。歷經十年的交往，兩人終於在家長的暗示下決定結婚。她沒有什麼好考慮的，因爲，也沒有其他需要考慮的理由，就決定嫁給他了，於是他高高興興地爲她戴上銀戒指。

這眞是幸福、感動和一點點懊惱交織的一刻！她沒想到自己竟也會因爲戒指而有了幸福的感覺，但稍微大了一號的戒指卻令她有些不知所措。她緊握著手，深怕戒指一不小心就會滑落。她小聲地和他商量，希望能回到店裡換成小一號的，不過，正在興頭上的他卻沒把這當回事，只說要她別計較太多。於是，她就一直戴著這枚大一號的訂婚戒指。

雖然是很珍惜的戒指，但是隨時會滑落的感覺卻使她戰戰兢兢，於是她每到一個固定的場所，就會先將戒指摘下，放在明顯的桌上，以防止自己無心的疏失。但是，她的細心看在他的眼裡卻認爲她不在乎這枚戒指，爲了這個動作，他們已經發生過無數次爭執。

這天早上，她起床晚了，匆匆忙忙地梳洗後就趕緊上班，到了半路才發現自己沒有戴戒指。雖然心裡也有些不安，不過她想，戒指一定在家裡，等回家後再找就行了，因此也沒有將這件事放在心上。等她再想起這件事時，已經是晚上臨睡前了。她想起他對這枚戒指的重視，於是趕緊爬起來找。

這一找，眞是將她嚇著了。她將家裡翻遍了，卻怎麼樣也見不到戒指的蹤影。她知道，他非常在乎這枚戒指，如果讓他知道戒指不見，她不敢想像會有什麼樣的結果，她全然不知道要如何開口向他說明。

就在她猶豫要如何說明前，他就發現她已有三、四天沒戴戒指了，於是他很生氣地要求她一定要戴戒指。她不知所措，整夜都在思索著要如何告訴他戒指不見的事情，終於她下定決心，明天見到他時，一定要將事實說出來。

隔天，他們約好下班後到一家餐廳見面，她要離開辦公室時，正好公司經理要到餐廳附近開會，於是她就搭個便車，懷著不安的心情來到餐廳。等了半個多小時，他終於來了，她決定先告訴他戒指不見的事情，才安心地享用晚餐。

「上禮拜，我有天早上匆匆忙忙去上班，結果忘了戴戒指，回家就找不到了……。」她緊張的說。

「戒指不見了？妳竟然把戒指弄丟了？妳還騙我說，妳只是忘了戴……。妳知道這戒指多少錢？三千元耶！三千元的訂婚戒指妳就這麼掉了，妳到底在不在乎啊？」他怒吼著。

三千元？她鬆了一口氣，幸好這枚戒指只值三千元，再買一只也不用花多少錢……。

「不對，」她轉念一想，他竟然爲了三千元的訂婚戒指就如此生氣，她越想越覺得不可思議，「……如果訂婚戒指的意義大於它本身的價值，那他爲什麼不願意再買一只就好？或是他在乎的是錢，而不是訂婚的神聖意義？」

正在猶疑時，卻聽見他吼道：「我還看到妳搭經理的車到處招搖，我看妳是打從心底瞧不起我，所以妳連訂婚戒指都不在乎，隨隨便便亂丟，既然妳根本就瞧不起我，那妳就嫁給你們經理去啊……。」

她瞪著雙眼無法置信，三千元的戒指竟然引起如此軒然大波，她試著想解釋搭便車的事，但是他的情緒已經失控，完全不肯聽她解釋，只是不斷地大罵。她在一連串的叫罵聲中逃了回家。

她知道他們已經完了，但是沒想到會在這種情形下結束。訂婚對她而言，當然不是兒戲，但是他不肯接電話，不願意聽她解釋，這一切又能如何？

當她終於接受與交往十年的男朋友分手的事實時，已經是三個月後了。

一個假日的早晨，她起個大早，在陽光照射下準備好好清洗魚缸。她將石頭撈起，仔細清洗乾淨，忽然發現小石頭中有一閃一閃的亮光，射向她的雙眼。她將小石頭撥開，閃閃發亮的戒指赫然出現在她面前。她拿著戒指，回想起遺失戒指的前一天，她正好清洗魚缸，「戒指或許就是當時掉的吧！」她有些興奮的說。

於是，她立刻撥了電話給他，要告訴他這遲來的好消息。雖然這幾個月來，他們都沒有聯絡，但她相信他會因爲這消息而高興的。但是，接電話的卻是個女人，自稱是他的太太。她不敢相信不過三個月的時間，他竟然結婚了，難道十年的感情是這麼的不值？

掛上電話後，她忍不住抱頭痛哭，她氣自己爲什麼還對他抱一絲希望，爲什麼不能徹底死心，然而最令她生氣的，卻是他對這十年感情的態度。她不敢想像在經歷這麼多年的交往後，他居然可以這麼輕易地就娶了別的女人。

她對這段感情，是徹底的絕望。她並沒有再交男朋友，因爲，十年的感情付諸流水，並不是一朝半夕就能復原的。她選擇將生活重心放在發掘自我，不斷地學習進修及努力工作上。

現在的她，不但在工作上小有成就，收入穩定又擁有自己的興趣，和十年前那個完全以對方爲重心的她，已不可同日而語，如今她非常享受獨處的時光，一點也不會不習慣沒有男人在身邊。

老天爺似乎有意考驗她，刻意讓她見到他的婚姻生活。她望著哭泣的孩子、毫無反擊能力的太太，心中充滿了同情，還有一絲絲不能否認的慶幸。她仔細回想十年的交往過程，從前這段感情，完全是「習慣」勝過愛情的本身，習慣有個人在身邊，而不是全心感受愛情的眞諦。「習慣」就像是一種快速增長的細菌，不斷地在心中孳長蔓延，終而使人屈服於習慣，將愛情與習慣畫上等號。

那天傍晚回到家後，她找出那枚戒指仔細的端詳。當時，如果不是這枚戒指遺失，或許今天在賣場中痛苦的會是自己，她不得不相信，是這枚戒指讓她認清愛情，也迫使她學會愛惜自己。或許這枚戒指眞的不該屬於她，她走向窗前，舉起手把戒指重新拋回魚缸。波動的水花嚇了魚群一跳，四處逃竄，但不久就平靜了下來，那枚戒指沒入細砂中，只露出一點點邊緣，魚兒自在的游來游去，絲毫不理會這個對牠們一點也沒有用的東西。她想起今天還沒有餵魚，於是撒了一些魚飼料，飢餓的魚從缸底衝上水面，水波晃動中，那枚戒指掙扎了一下，然後就不見蹤影了。

她想起他在爲自己戴上這枚戒指之前，曾說：「我會把全世界的幸福給妳。」一抹淡淡的微笑在她臉上浮現。的確，沒有戴上戒指的她，現在眞的很幸福。

詩療・處方箋06

【病名】

愛情習慣症

【症狀】

因習慣而愛上對方，錯把習慣當成愛，一切以對方的喜好為歸依，而失去自我。

【藥方】

問余何意棲碧山？
笑而不答心自閑；
桃花流水杳然去，
別有天地非人間。

山中答客・唐・李白

「你問我為何隱居在青翠的碧山中，我只是笑著沒有回答你，心中是一片悠閒恬適。看桃花隨著流水漂向遙遠的地方，這裡別有一番美好，不是庸俗的人間所能比擬的。」

【療效】

分別後獨自生活，享受著自在的日子，這種生活比起從前兩人整天膩在一起的日子更令人快樂。

現代生活繁忙，捫心自問是否太過分依賴習慣？習慣周圍的人事物，習慣都市繁雜的生活，甚至習慣將同伴的關心視為理所當然。愛情就好比一座習慣城堡，若哪天城堡出現裂縫呢？何不試著走出狹隘，接近大自然，接近人群，或許會發現城堡之外還有一片天，海闊天空的等待著我們，這首詩讓你明白用不著侷限在自己設定的習慣框框裏，或許有人會問田園鄉間生活是否孤單寂寞？殊不知另有一番滋味在心頭。

鳳仙花的約定

浩蕩離愁白日斜，吟鞭東指即天涯；
落紅不是無情物，化作春泥更護花。

歷經二十個小時的長途飛行，琴涵終於踏上故鄉的土地。機場裡人聲沸騰十分熱鬧，琴涵慢條斯理地欣賞著這幅忙亂中的溫馨。雖然二十小時的漫漫旅程，但對她而言，這不過是短暫的時刻，畢竟，從她離開台灣到現在，已長達十年之久。當她站在遠處欣賞人群時，忽然瞥見一個身影，似乎是小時候的一個好朋友，她舉步向前，那女子正好一回頭，卻不是熟悉的人。她頹然地搭上回家的巴士。

回到老家，每天忙著與親戚朋友們吃飯見面，只有晚上得以安安靜靜地留在房中，整理自己從前的物品。她拿起塵封已久的相簿，輕輕地擦拭著，仔細看著每一張照片，回想起從前在這片土地上發生過的事情。忽然，她心頭一震，那照片中笑得甜美的女孩，就是那天在機場恍惚見到的人。這麼多年沒聯絡了，不曉得她還好嗎？

女孩名叫雨柔，是琴涵從小學到高中的同學，更是鄰居兼好朋友。琴涵與雨柔是同班同學，兩人都生得高個子，排座位時湊巧又坐在一起，很快就熟了起來。雨柔常常無緣無故缺課，也沒有向學校請假，因此住在她們家附近的琴涵，就成了老師的代言人，常常要她到雨柔家看看。

起初琴涵並不知道雨柔家裡的事，但三天兩頭就去雨柔家，也和她成了無話不說的好朋友，漸漸地雨柔也會將家裡發生的事告訴琴涵。

雨柔的父親是個水電工，母親與六個小孩全靠父親微薄的工錢生活。雨柔是長女，最大的妹妹也才小學二年級，最小的弟弟還在襁褓之中，母親身體又不好，時常臥病在床，因此身爲長女的她，便要負責照顧四個妹妹和唯一的弟弟。但她終究不過是孩子，課業與家事要兼顧對她來說也太沉重了，一旦被父親視爲命根子的弟弟大哭起來時，免不了又是一頓揍，因此身上經常是青一塊紫一塊的。

不忍心見到好友挨打，琴涵下課後總先去雨柔家，幫她複習功課或是一起打掃，甚至還會幫忙煮飯，總要忙到雨柔的爸爸快回家時，她才趕緊離開。兩人也因此建立一種患難與共的友誼。

每個星期日是琴涵最高興的日子，她總會起個大早，催促媽媽帶她去教堂。雨柔家後方的教堂經常會發給教友各種救濟品，這也是雨柔爸爸讓她上教堂的唯一理由。

琴涵總愛跟著媽媽前去，作完禮拜，大人們在教堂裡聊天時，兩個小女孩便偷偷溜到教堂後面的小花園玩耍。花園裡開滿的鳳仙花，是天然的化妝品，雨柔喜歡紅紅的指甲，琴涵也有模有樣地擔任起染指甲的工作，兩個小女孩一邊染指甲，一邊天南地北的說著未來的夢想。

一晃眼，兩人已從小學升到高中，從小女孩轉變爲少女。繁重的課業以及升學壓力，逼得她們將所有心力放在讀書，但兩人的情誼卻沒有因此而有絲毫的改變。偶爾想逃開課本喘口氣時，兩人就會來到教堂的後花園，玩起兒時的遊戲。

這天晚上，琴涵與雨柔好不容易考完期末考，終於有空約了到教堂談心。

「雨柔，我前些日子看了一本書，描述一對從小認識的好朋友，她們相約二十年後在秘密花園見面的故事。眞的好感人喔！」

「眞的啊！那一定很有意思。我們也是從小認識啊！不如我們也學她們約定二十年後的今天在花園見面，一定很好玩！」

兩人興高采烈地訂下這個約定，不過，天天都能見面的她們，誰也沒想過終究會有分離的一天。熬過高中三年，大學放榜時，琴涵如願以償地考上一所位在北部的國立大學，雨柔卻沒上榜，只考上一間南部當地的專科學校。這一對從沒有分別過的朋友，如今卻要各奔前程，不禁感傷了起來。不過她們講好除了要經常寫信外，遇到連續假期便約定在秘密花園見面。

「別擔心，等妳放寒暑假時，我們就可以天天見面了。」在雨柔的安慰聲中，琴涵終於釋懷的坐上了火車。

「自從上次春假見面以來，也有三、四個月了，不曉得雨柔變得如何？」已有一段時間沒見面，琴涵往教堂的腳步不自覺加快了起來。

雨柔竟然遲到了。坐在小教堂的台階上，琴涵四處張望不著雨柔的身影，正想要到雨柔家時，忽然見到一台摩托車呼嘯而來，後面坐著的正是雨柔。

「是男孩子載雨柔來的……」琴涵對自己說。

雨柔不斷向她道歉，但是琴涵一句也沒有聽進去，她驚訝地發現雨柔竟有男朋友，而且看樣子已經交往一段時間了，自己卻一點也不知道，不覺惱怒起來。

她不敢相信最要好的朋友居然這麼重要的事也不說，是否在雨柔的心底，自己早已比不上那個男孩？向來雨柔的心事都是與她分享的，現在卻因有了男朋友而背叛自己。她不是不能原諒雨柔，但是那種被欺騙的感覺，讓琴涵久久無法釋懷。

「雨柔已經不在乎我了。」她告訴自己。

漸漸地，琴涵主動和雨柔疏遠了，連大學畢業典禮也沒有邀請雨柔。時間是最好的遺忘方式，似乎在她們身上也不例外。

大學畢業後，琴涵以優異的成績，赴美深造。一晃眼，十多年的悠悠歲月都在遙遠的美國度過，她也不負眾望地拿回一個博士學位和兩個碩士學位，更得到學校的聘書。這段期間，她與雨柔早已失去聯絡，唯一殘存的記憶，好像曾收到雨柔的喜帖，但當喜帖輾轉到她手中時，早已過了大喜之日，琴涵也只能遙祝他們婚後幸福美滿。

相較於雨柔的早婚，琴涵卻沒有交男朋友，全副心力都放在課業上。但國外生活畢竟不如在家輕鬆，沈重的課業常壓得她在夜闌人靜時躲在被中啜泣，卻無人能爲她分擔這種異鄉的苦悶，此時，雨柔的笑靨總會朦朧地浮現，默默的支持著她。

十多年過去了，琴涵終於可以回家，然而踏在這塊熟悉的土地上，卻尋不到雨柔的身影。原來多年前雨柔的老家就已遷離此地了。

這天，琴涵陪著母親去買花，花市中色彩繽紛的花朵都含苞待放，但一大叢豔紅的鳳仙花卻獨自怒放著。「哇！眞是漂亮！」琴涵讚嘆著，「就像秘密花園裡的一樣……」她猛然想起在這片鳳仙花前，曾有過一個二十年的約定。還記得那天是期末考後的聚會，不就正好是明天嗎？

這麼突然的巧合，攪起了琴涵心中早已淡忘的記憶。當年她出國後，就沒有再和雨柔聯絡過，她是否還會記得這二十年前的約定呢？或許她早已忘了這個遠走他鄉、曾經有過的朋友。

事隔多年，琴涵雖然不認為雨柔會記得，但她仍起了個大早，走到教堂中看看牧師，順便就繞到小花園裡。鳳仙花似乎開得更茂盛了，連遠遠的樹叢都被鳳仙花給佔據。她被鳳仙花吸引著走去，竟然走進了一座小小的墓園，琴涵並不曉得這裡面還有座墓園，不過她知道，會葬在教堂旁的一定都是教友，於是她信步走了一圈，看著這些曾是教會的友人。

在長滿青草、綠蔭遮蔽的墓地中，有一座墓前面種滿盛開的鳳仙花，琴涵心想這個人必然和她一樣特別鍾愛鳳仙花，她瞄了一眼墓碑上的名字，「愛妻林雨柔之墓」七個字大剌剌地映入她的眼簾，琴涵怔住了，不敢置信的望著石碑。

她蹲下身子，顫抖的伸出手觸摸墓碑，露水竟是刺骨的冰涼，剎那間眼淚止不住的簌簌流下來。

「琴涵，來這裡……」是一個男人的聲音。

琴涵驚訝地抬起頭來，只見一個中年男人牽著一個三、四歲大的小女孩，就站在旁邊。

男人問道：「妳是琴涵嗎？」琴涵疑惑地點了點頭。

「我是雨柔的丈夫，這是我們的女兒，名叫琴涵……。」

男人緩緩地道出發生在雨柔身上的事情。去年，雨柔因爲急性盲腸炎住院開刀，但怎知一個小小的手術，卻因爲醫療不當，造成嚴重感染，最後引發敗血而去世。病危前，她告訴他這個二十年前的約定，並再三叮嚀他一定要代替自己來赴約。

琴涵悲痛欲絕，她無法原諒自己，就為了一點點的自尊心、一點點的驕傲，竟然背棄這個好朋友多年，到如今卻再也見不到她時，才發現自己是多麼在乎雨柔。

無法遏止心中的難過，琴涵抱著墓碑痛哭失聲。

忽然旁邊傳來小女孩的聲音：「阿姨，妳不要哭了嘛……」接著一隻小手拿著手絹伸到琴涵的面前。

琴涵接過手絹，抬起頭來看著小女孩道：「妳也叫琴涵？」

小女孩道：「對啊！媽媽說，妳是她最要好的朋友，而且妳又聰明又漂亮，她說我長大後要和妳一樣，所以我也叫琴涵。」琴涵溫柔的一笑，牽起小琴涵的手，從她小小的手上傳來一陣溫熱，雨柔曾給她的力量似乎也遺傳給小琴涵，讓她繼續為琴涵傳遞著暖意。

琴涵看到花園的鳳仙花，不禁拉著小琴涵的手說道：「妳看，這個漂亮的花園，就是我和妳媽媽小時候常來玩的地方，我們都是拿鳳仙花擦指甲喔！很漂亮……。」於是她倆就坐在石階上擦起指甲花，就像小時候的琴涵與雨柔。

詩療・處方箋07

【病名】
感情潔癖症

【症狀】
不能容許任何愛情、友情的污染、變質或第三者介入，甚至不惜斷然割捨一切。

【藥方】

浩蕩離愁白日斜，
吟鞭東指即天涯；
落紅不是無情物，
化作春泥更護花。

己亥雜詩・清・龔自珍

「在廣闊無邊的離愁中，眼看著夕陽西下，從此便要與朝廷遠隔了。我辭官歸鄉，猶如從枝上掉下來的落花，雖然離開枝頭，卻非無情之物，它化成泥土，還會繼續呵護著花株，一如我仍將肩負培育下一代的責任。」

【療效】

失去的愛情並不是就此成為無情之人，更要珍惜自己這些心情，使它成為呵護下次愛情的能量。

人與人之間的感情，是人間最珍貴的，尤其是來自患難的友誼，更散發著神聖光輝，有時因為太重視對方，產生不必要的誤會、嫉妒，讓彼此的感情蒙塵，造成內心被蒙蔽，而不信任對方，但其實對方並沒有改變，真正的感情是禁得起時間焠煉，珍惜對方的心情始終不渝，只要真心相待，即使是死亡，也不能阻隔。

離開一座傷心城市

勝日尋芳泗水濱，無邊光景一時新；
等閒識得東風面，萬紫千紅總是春。

飛機起飛的時候，她有一種解脫的感覺。或許，暫時的離開一座傷心城市，到另一個陌生的世界，將會有奇蹟發生吧？

她早已過了相信奇蹟的年代，但是在一段傷心的戀情過去後，她卻瘋狂的想要尋找奇蹟，想要相信奇蹟能治癒她心中的傷痕。就在那一天，她帶著落寞的心情來到了東區，無意間逛進一家書店，翻到一本星座的書。

在談論流年運勢的地方，她看到書上寫著：「今年是雙子座最容易談戀愛的一年，最好能出國旅行，將會在旅程中遇見妳的眞命天子。出國的地點以西南方，多水之處爲佳，如香港、澳門、海南島等地。妳將會遇見一位年紀較長，愛說話，高個子的男人。如果這個男人臉上一邊有酒窩，你們戀愛成功的機會就更大。」

看到這裡，她把書扔下，心中覺得這本書簡直在胡扯，把別人的傷心處當作是商品來販賣，眞是可惡！

回到家之後，她打開電視，覺得無聊，又把電視關了。正想開始打電話給朋友，電話鈴聲卻響了。「喂！」電話那頭是小琪熱烈的聲音，「我們公司正在組團去旅行，有好幾個地點可以選擇，其中澳門團最便宜，才一萬多塊，但是剛好少一個人，如果妳肯參加，我們這一團就可以成行了！妳參加嘛！好不好啦！」

小琪是她高中同學，兩人畢業後雖然各忙各的，卻一直保持著聯絡，有很深厚的情感。

「我想想看，其實我不太想出國呢！我……」

「哎呀！妳整天待在家裡也不是辦法，總是要給自己一點機會，不是嗎？去啦！我幫妳報名囉！」

小琪是個熱心體貼的人，明明知道她的問題在哪裡，卻從不會正面說出來，總是拐彎抹角的幫助她，讓她心懷感激，不好意思拒絕了。就這樣，她參加了一個陌生的團體，其中只認識小琪一個人。小琪儼然是領隊，一路上忙得不可開交，她只好一切自己想辦法了。或許小琪就是要給她機會獨來獨往，才能讓別人有機會認識她吧？

離起飛一個半鐘頭之後，飛機就抵達澳門機場，大型遊覽車將大夥載到住宿的凱悅飯店。小琪簡單的分配了房號，讓每個人都住定之後，便公佈了下午的行程，要大家在三十分鐘後下樓，一起搭車到市區去逛逛，順便吃點東西。

雖然是很短的飛行時間與距離，但畢竟是一座陌生的城市與奇異的人群，每個人都很興奮，東張西望的說個不停。她正專心看著車窗外交織著輕紅與淡綠的美麗建築，突然有個低沉的聲音說道：「對不起，這個空位有人坐嗎？」

她抬起頭來，看到一個接近中年的高個子男人正在等待她的回答。她嚇了一跳，連忙搖搖頭，又點了點頭。

男人微笑了，臉上出現了一個酒窩：「妳很難決定事情，對不對？」

他坐了下來，把包包放在另一張椅子上。「我本來是坐那邊，但是導遊說這邊的風景比較美，不好意思打擾妳了。」

她這才注意到今天的導遊是一個矮個子的年輕男子，一雙深邃的眼睛，很難看出眼中的神情。他拿著麥克風，跟大家介紹著自己及澳門的風景：「我叫西蒙，朋友們都叫我阿蒙。我從小生長在澳門，澳門是中國最早開放的城市，大約四百年前，澳門就已經開始接觸到西方的世界……。」

她很想專心聽導遊說話，但身邊的中年男子卻也說個不停：「我知道妳是小琪的朋友，我是財務部門的東尼，其實一個人單身也不錯，有很多自由自在的機會。我想妳也一定很會安排自己的生活吧？妳知道我們有很多同事結婚之後，連電影都沒機會看，生活枯燥乏味得要命，難怪很多結婚的人要有外遇，因爲太呆板的生活根本缺乏人性……。」

這個男人不停的說，她仔細的打量著他，星座書上的句子竟然一句句都應驗了：年紀較長、高個子、愛說話、笑起來一邊有酒窩……難道這個人眞的是她的眞命天子？

如果她不相信因緣命運，會不會從此錯過，就再也沒有機會了？她想起以前一位朋友去算命，算命的告訴她：「明年妳會遇到自己的眞命天子，如果錯過了，就算有一些因緣，也可能會結婚，但那些都不是眞命天子。所以最好能把握住。」那位朋友眞的很擔心錯過與眞命天子的因緣，果然在第二年就結婚了。婚姻還眞的很幸福呢！

現在終於輪到她了，她的眞命天子就近在咫尺，一定要好好把握住！晚上臨睡前，她告訴小琪說：「也許我眞的碰到我的眞命天子了！」

第二天，喜歡自由行動的人就自己出去逛街購物了。一些沒到過澳門的人就集合在一起，仍然由西蒙帶著到處觀光。東尼跟她一樣從沒來過澳門，兩人理所當然的坐在一起，開心的聊起天來。到了最著名的觀光景點大三巴牌坊，西蒙和大家約好集合地點，便讓每個人自由到附近的中國古物店中逛逛，東尼跟著她一起走。

來到一家小店，店中有各式各樣新奇的小玩藝，大約都是中國大陸來的手工製品，價格十分便宜。東尼看中了一個會旋轉的飛鳥玩具，便開始跟老闆娘殺起價來。看到老闆娘灰白的頭髮與滿臉的皺紋，突然之間她覺得有點不安，不過是個小玩具，也要花這麼大的功夫殺價，她想躲遠一點，以免看到有人受傷的廝殺場面。

最後她佯裝地東看西看，走出了小店。漫步在斜坡上狹窄的碎石古道上，身邊那些美麗的粉黃、淡綠建築已經讓她傾倒，忘了身在何處。這時東尼殺價完畢，得意洋洋的出現在她身邊，對她說：「這麼大一隻鳥，一個才五十塊，很便宜吧？」

但是現在的她已經興致索然，不想再跟他討論殺價的心得了。剛好迎面走來一群同伴，她便在混亂中溜走了。她一個人到處漫步，有點探險的快樂，又有點危險的刺激感。轉角出現了一家書店，她信步走了進去，想要看看澳門有些什麼樣的書籍。然後她看到西蒙站在一個角落裡，正專心的看著手中的英文書籍。

「嗨！妳也來了？妳沒去買東西嗎？」西蒙很高興的笑著說。他的臉上沒有酒窩，卻有很深的皺紋。

「哦，我想看看這裡的書店有沒有什麼可以買的書？」她有點不自然的說。

西蒙卻開心的跟她介紹起澳門的種種。最後他說：「明天是自由行，如果你們之中有人想看看眞正的澳門，我可以帶你們去看。」

正在這時候，東尼跟一夥人也進到店中來，嘈雜的聲音讓店員皺起了眉頭，西蒙便帶領著一團人離開了書店，回到了車上。

接下來是主教山、媽閣廟及聖地牙哥古堡酒店等等風景名勝，她聽著西蒙詳細的描述關於澳門的種種，突然對這個平靜安詳的古老城市產生了好感，或許她不能在這裡找到眞命天子，但是卻能找回安寧的心？

晚上回到飯店的紅鶴餐廳用餐，東尼笑嘻嘻坐在她身邊，神秘兮兮的對她說：「剛才我在買東西的時候沒看到妳，所以我就自己挑了一個東西送妳，希望妳會喜歡。」

她的心中有點感動，畢竟這是一種心意，她沒有必要爲了一點小事而否定一切吧？她打開盒子，看到一對中國式雕花的木頭杯子，不禁轉過頭去，輕聲說了謝謝。遠遠坐在一旁的西蒙也看到了那份禮物，也跟著神秘的笑了笑，臉上還是沒有酒窩，只有皺紋。

到了第三天的自由行，果然沒有人肯再跟著導遊了。畢竟這是說中文的土地，每個人都有那點不怕迷路的自信心了。

在吃早餐時，西蒙問過沒有人要跟著他，便先走了。她想叫住他，卻又不好意思開口。這時小琪和東尼一夥人過來，問她要不要留在飯店游泳？她不想把時間耗在飯店中，便拒絕了小琪的邀約，自己一個人搭飯店巴士到城裡去了。小琪看著她上車，還催著東尼說：「你怎麼不跟去呢？」

東尼卻說：「我本來就打算來游泳的，明天就要走了，再不游沒時間了！」

她忐忑不安的來到城裡，畢竟這裡還是有點陌生的城市，她不確定自己是否屬於這片土地。這是初春的早晨，她一個人沿著殷皇子大馬路往前走，又信步轉進一條小巷子。

突然她在路邊發現了一家小咖啡店，幾張桌子擺在外面的棚架下，音響中大聲播放著七〇年代老鷹合唱團的情歌《加州旅館》。她走進店裡，竟然看到西蒙在裡

讀 者 服 務 卡

謝謝您購買本書！

如果您願意收到大塊最新書訊及特惠電子報：

- 請直接上大塊網站 **locus**publishing.com 加入會員，免去郵寄的麻煩！
- 如果您不方便上網，請填寫下表，亦可不定期收到大塊書訊及特價優惠！請郵寄或傳眞 +886-2-2545-3927。
- 如果您已是大塊會員，除了變更會員資料外，即不需回函。
- 讀者服務專線：0800-322220；email: locus@locuspublishing.com

姓名：＿＿＿＿＿＿＿＿＿＿ **性別**：□男　□女

出生日期：＿＿＿年＿＿＿月＿＿＿日　**聯絡電話**：＿＿＿＿＿＿＿＿

E-mail：＿＿＿＿＿＿＿＿＿＿＿＿＿＿＿＿

您所購買的書名：＿＿＿＿＿＿＿＿＿＿＿＿＿＿＿＿

從何處得知本書：1.□書店 2.□網路 3.□大塊電子報 4.□報紙 5.□雜誌 6.□電視 7.□他人推薦 8.□廣播 9.□其他

您對本書的評價：

(請填代號 1.非常滿意 2.滿意 3.普通 4.不滿意 5.非常不滿意)

書名＿＿＿ 內容＿＿＿ 封面設計＿＿＿ 版面編排＿＿＿ 紙張質感＿＿＿

對我們的建議：＿＿＿＿＿＿＿＿＿＿＿＿＿＿＿＿

10550

台北市南京東路四段25號11樓

大塊文化出版股份有限公司　收

廣告回信
台灣北區郵政管理局登記證
北台字第10227號

地址：

市　鄉／鎮　路　段　巷　弄　號　樓

縣　市／區　街

（請寫郵遞區號）

面買東西，看到她出現，西蒙又笑了，臉上還是沒有酒窩，只有皺紋。

「妳也知道瑪嘉烈蛋撻店喔？眞的太有名了。我請妳喝杯咖啡吧！」

他倆坐在露天的咖啡座上，《加州旅館》換成了另一種柔情的音樂。她突然想說出自己的心事。在面對陌生人時，每個人都會有這樣的衝動。她說出自己是爲了尋找眞命天子才來到澳門的，她說自己在情感上一直都很難找到歸宿。

西蒙卻告訴她：「妳知道瑪嘉烈蛋撻的故事嗎？瑪嘉烈跟安德魯原本是一對夫妻，卻因爲丈夫有了外遇，兩人離了婚，分別開了一間店，成爲商場上的競爭對手，卻再也沒法成爲生活中的伴侶。夫妻同心，其利斷金。男女之間原本就是要和諧相處的，在我們挑剔對方時，卻往往沒有看到自己身上有更多的缺點。現代的人很難戀愛成功，都是因爲太愛自己，不知道要如何去愛別人了。與其遠渡重洋尋找眞命天子，不如在妳的身邊發掘値得愛的人吧？」

她沉默下來，靜靜聽著，想著往日的情傷，想到互不相讓的往事，似乎一切都單純下來，沉澱下來了。西蒙繼續告訴她自己的故事，原來他是澳門大學的研究生，趁著假期來打工的。他對古蹟很感興趣，希望將來有一天能將澳門的古蹟寫成一本書。離開了蛋撻店，西蒙便帶著她走遍了古城中的狹小巷弄，她感覺到自己像迷路的精靈，遇到了好心的天使，讓她見識到了人間的美景。臨別的時候，西蒙留了一個電話號碼給她，要她找到眞命天子時告訴他。

終於到了離別的時刻，大夥忙著搬行李，準備上車。東尼卻突然氣急敗壞的來找她，氣喘吁吁的說：「我發現我少買了一個禮物，我不是送妳一對杯子嗎？妳可不可以還我一個，這樣就剛好夠送禮了。」

她怔了一下，默默把杯子拿出來，遞過去之後轉身就走。一直到車子要開時，仍然不見她的身影。東尼不安的問小琪，小琪卻神秘的笑著說：「哦！她剛剛去打了個電話，回來就說要晚一天回台北，我們不用等她了。」

東尼悵然的坐回位子上，看著手中的兩個杯子，似乎知道自己錯過了什麼，一路上沉默不語。

在一輛由機場前往市區的巴士內，她坐在靠窗邊的位子上，手上緊緊捏著一張寫著澳門地址的字條，陽光照著她的臉紅撲撲的。她舉起手想遮一下刺眼的光線，一抬頭卻從金色的陽光中再度看到字條，她輕輕唸著上面的地址，腦海裡浮現了一個矮個男人的身影，一種奇妙的感覺在她心裡蕩漾開來，玻璃窗裡映照著她微笑的臉龐格外嬌美。

詩療・處方箋08

【病名】

愛情空虛症

【症狀】

害怕孤單一人，盲目求助於不著邊際之事，道聽塗說，相信一些緣分、附會的說法，舉止不實在。

【藥方】

勝日尋芳泗水濱，
無邊光景一時新；
等閒識得東風面，
萬紫千紅總是春。

春日・南宋・朱熹

「來到泗水之濱尋找百花的蹤跡，春光爛漫，到處洋溢著欣欣向榮的氣息。即使是一般人也都能感受到輕柔的東風拂面。這種萬紫千紅、百花齊放的景象，都是因為春已到來之故。」

【療效】

只有能坦然面對自己心情的人，才是能獲得幸福的人。

愛情是這世間最不可捉摸的東西，有時候整裝待發，卻錯身而過。你需要耐心等待，不要因為錯過就放棄希望，春來百花盛開，時候到了，水到渠成，過去千山萬水尋遍也找不到的人，這時卻會忽然出現在你眼前。只要時機到了，就會出現另一個春天。不要害怕孤單，寧缺勿濫，相信總會有春暖花開的一天。

第三卷
迷戀

微風往事

人生到處知何似，應似飛鴻踏雪泥；
泥上偶然留指爪，鴻飛那復計東西。

就要過農曆年了，男人在妻子的指揮下幫忙打掃院子裡的這間小倉庫。

剛搬下滿是灰塵的大木箱，他一眼瞥見妻正在擦拭那台許久沒用的縫紉機：剛結婚時，妻爲了省些開銷，向娘家要來這台裁縫機，每天晚上對著檯燈又裁又車，硬是將家中所需窗簾、棉被套、枕頭套做了出來。他還記得棉被套套上的那晚，新布的味道刺鼻，但他卻覺得自己好幸福。他又見到地上兒子小時候騎著玩的木馬，剛才被妻撞了一下正前後搖晃著：他還記得這是兒子第一次走路時，他與妻高興的買來給兒子騎的……。

「這台腳踏車都已經鏽成這樣，把它丟掉吧！……還有那個鳥籠，幾年了也沒見你養過一隻鳥，幹嘛要留著這個鳥籠……。」他循著妻聲音飄去的方向看，果然，那台腳踏車已經完全生鏽，看樣子是沒有辦法再修理；還有那個鳥籠，自從它的主人離去後，就掛在那個角落，直到現在。那年，他剛升高二，因爲父親調職的關係，他們舉家搬到北投的山坡上。山上的小路蜿蜒崎嶇，才來到新家的他，總是搞不清楚哪條路要右轉、哪個巷子口要左彎，每每從學校騎腳踏車回家，都要花上一倍的時間找路。

這天放學時，天空已飄下毛毛細雨，於是他奮力的踩著踏板直奔回家。濛濛雨氣中，路也變得不清楚了，他左轉、右轉，但總像繞圈子般，沒有出路。正當他滿頭不知是汗還是雨水亂竄時，忽然瞥見有個女孩騎著腳踏車經過，他依稀記得那個留著西瓜皮、戴副金框眼鏡的高中女孩，就是住在同條巷子尾，高高的圍牆裡總傳來悅耳鳥鳴的大戶人家。這下子他心安了，因爲只要跟著女孩就能回到家。

濛濛細雨讓他看不太清楚女孩的背影，因此他用力踩著腳踏車希望能跟上。女孩似乎感覺到他的存在，但不管她左彎右轉，這個人卻如影隨形，嚇得她更加用力踩著腳踏車，希望能擺脫後面的糾纏。女孩飛也似的騎著，他感覺到女孩似乎有意擺脫他，於是用力的跟隨。腳踏車一台接著一台呼嘯而過，一個轉彎後，遠遠地他見到女孩倒下來，就像慢動作的鏡頭，女孩車滑了、倒下、摔出去、滾到草堆……。他趕緊下了車，在草叢中扶起滿臉驚恐的女孩。

「你什麼人？爲什麼要跟著我？」女孩問道。

「我迷路了，妳好像和我住同一條巷子，所以我想跟著妳走就能回家。」他羞赧的說。

女孩聽了才舒口氣道：「早說嘛！如果知道你不是壞人，我就不會騎那麼快還摔倒。」他攙扶著女孩起身，只見她膝蓋上斗大的傷口仍兀自流血，他拿出手帕來裹住傷口，再將女孩身上的泥土撣去，最後，把那台飛到十幾公尺遠的腳踏車給牽起來。腳踏車的龍頭已經撞歪，他無奈的對女孩說：「車放在這裡吧！我先載妳回家，等明天再來牽車。」女孩只得坐在腳踏車後，指點著回家的路途。

就這樣，他認識了這位住在同一條巷子的女孩。他會在巷子口等她一起上學，也會在回家的路上，等著從門禁森嚴女校中出來的她。傍晚時分，正是婆婆媽媽們在路邊聊天的時間，兩人唯恐讓人講閒話，騎著腳踏車也不敢多說話，只有在走到女孩摔倒的草叢堆那條山路上，兩人才會並肩騎著，說一些學校發生的趣事。

週六中午放學後，兩人常來到磺溪邊，坐在石頭上，將冰冷的雙腳浸在暖暖的溫泉溪中，天南地北的聊著。女孩的家境不錯，在這一帶唯有女孩家是寬廣的日式平房、綠意盎然的庭院，但高高的圍牆擋住了大家好奇的眼神。女孩的父親是個生意人，每次要到外地談生意時，她就要獨自顧家，只有一隻金絲雀在籠中啾啾叫著，伴她度過每個孤獨的日子。於是，週末如果女孩的父親不在家，他就會來陪她做功課直到傍晚。

這天，他如往常般帶著課業到女孩家，煩悶的午後，兩人就坐在屋簷下逗著金絲雀玩。金絲雀或許叫累了，只見牠忽的停下躍動的身影，不住的向水杯裡望。他拿了一些清水來，打開籠子爲鳥兒換水。只是一瞬間鳥兒倏地奪籠而出，化成一道金黃消失在天際。

「牠是我在家中唯一的伴……。」女孩沒有說出口，只是怔怔的看著鳥兒飛去的天空，他自責的說道：「我再買隻小鳥陪妳吧！」女孩輕輕的說聲不用，但他看得出她心中的傷痛。他每天省下買飲料的零錢，終於一個月後，他買下一隻小金絲雀送給女孩。這是女孩一個月來最燦爛的微笑，夏天太陽般耀眼動人。

一晃眼，高二暑假即將來臨，面對即將來臨的大學聯考，心中的不安不斷湧上心頭。對女孩，他有說不出的依戀，這一年來，他已經習慣天天看到女孩的日子。女孩告訴他，「考上大學我們才更有機會見面。」於是他們決定，要以最認眞態度面對聯考，上大學後，再繼續這未完的情感。

高三日夜緊張的生活，使他們偶爾才會在路上碰到，簡單加油打氣後，各自奔赴補習班，繼續在課業上努力。這天他回到家，已是晚上九點，通常冷清的小路上，居然擠滿了街坊鄰居。他牽著腳踏車，擠過人群才到家門口的巷子，就聽到對門大嫂和隔壁的阿婆竊竊私語：「他在外面做生意欠錢，現在人家債主都找上門了，當然會跑了。可憐連女兒也被拖累喔。」

他不可置信的走到女孩家門前，只見大門深鎖，外面還被人噴過油漆。他想不起有幾天沒見到女孩了，或許她早已隨著父親遠走他鄉。想到這裡，他的心更加難過。忽然，他隱約聽見啾啾啾的聲音，原來他們走得倉促，竟連金絲雀也來不及帶走……。等到鄰居們都熄燈後，他翻過高高的圍牆，把鳥籠帶了出來。

這年大學聯考，他以不錯的成績考進了一所國立大學，鄰居們都前來道賀，父親更是特地帶他到台大去看榜單。他仔仔細細的看過整個榜單，卻沒有看到女孩的名字。原以爲考上大學會是他們再相逢的時候，如今卻只剩下悵然。回到家後小鳥仍舊啾啾叫著，他將籠子打開一條縫，伸手進去輕撫著小鳥，這隻小鳥，是僅存的依戀。他小心守護著這隻小鳥，待牠的主人回來的那天，他要親手再將小鳥交給她。抱著一絲希望的他，每年大學聯考放榜時，都會仔細查詢榜單，希望能見到女孩名字，但一年一年過去，榜單上始終沒有見到過她的芳名。他也只能在每年看完榜單後，對小鳥訴說心中的苦悶。

這一年，他依舊到台大去看榜單，還是沒有出現女孩的名字，他只能坐上公車回家，等待明年的此時。一進家中，迎面所見，卻是大門洞開的鳥籠，鳥兒早已不知去向。驚訝、傷心使他愣然的頹坐在地，就瞥見台階上一雙細小的腳印。是牠的，牠也像她一樣，無聲無息地離去，消失在茫茫天地間。

再回到那間日式屋子，已是十年後了。在這段期間，男人已經娶妻、生子，並在一家著名的房屋仲介公司擔任主管。當他再見到這間屋子時，竟是因爲這間房子委託給他的公司銷售。他簡直不敢相信，自己竟和這棟房子如此相知，他毅然決然地貸款買下這棟房子，帶著妻子搬進她的家中……或許許久以後，她會再出現在這棟房子周圍，遙想當年這段無疾而終的戀情。

詩療・處方箋09

【病名】

初戀最美症

【症狀】

重遊初戀舊地，對初戀人所送之物細細珍藏、時時把玩，久而久之，耽溺其中不能自拔。

【藥方】

人生到處知何似，應似飛鴻踏雪泥；
泥上偶然留指爪，鴻飛那復計東西。
老僧已死成新塔，壞壁無由見舊題；
往日崎嶇還記否，路長人困蹇驢嘶。

和子由澠池懷舊・北宋・蘇軾

「人生，常是在漂泊流浪中度過，就像是飛翔在天空的鴻雁，偶然在雪地短暫停留後就飛走了。雪地上還可見清晰的爪痕，鴻雁卻早已不知飛往何處。我們曾一起見過的老僧人，如今已經往生，只能在寺廟為他所建的塔前憑弔，至於當年我們題詩的那面牆，早已傾頹成了小土堆，可作為回憶的憑藉都已蕩然無存。唉，往日我們曾經一起度過的人生崎嶇路程，你是否還記得？在這趟赴任的漫長困頓旅程中，傳來陣陣跛驢的叫聲。」

【療效】

一段愛情在生命中短暫停留，時間一過就如同煙雲，雖然懷念過去的時光，更要不斷向前邁進。

初戀是人生最美的記憶，但過於執著於初戀的感情，只會形成迷障，使自己始終無法跳脫，愈陷愈深。把對方的一切珍藏起來，在心中不斷咀嚼，如果過度沈迷在這樣的情緒中，會看不見真實生活，也許對方早就像小鳥一樣早已不知飛往何處，你仍在作繭自縛。過去的就讓它過去吧！回首來時路固然美好，未來的人生美景卻可能更璀璨迷人。

幸福麵包店

紅豆生南國，春來發幾枝？
願君多採擷，此物最相思。

從父親的手中接掌這家麵包店已經很多年了。

雖然他的外表沒有太多的改變，但英挺的眉宇之間卻流露著一絲滄桑的感覺。就像這家麵包店一樣，紅底黃字的「幸福麵包店」招牌字跡依舊娟秀美麗，卻已經有幾許的歲月痕跡。昨天一位老客人還跟他說：「老闆，前面又開了一家新的麵包店，現在做生意都好競爭哦！」

「是啊！你去過那家店嗎？他們的麵包好不好吃？」

「沒有你家的好吃，不過客人滿多的。老闆，你的麵包店是不是也該重新裝潢一下了？我看這家店已經有十多年都沒變過了吧？」

他微微笑了一下，卻沒再多說什麼。眞的，他連當年放在櫃檯前的招財貓都沒有換過，仍然是白底紅字的招財貓，眼睛永遠望著玻璃窗外，似乎在期待著有一天她會重新出現在店裡。而他很擔心如果眞的將所有的裝潢換掉了，變成一家全新的麵包店，萬一，萬一有一天她眞的再出現時，認不出這家店，也找不到他，他知道自己將會遺憾終生。

當年他十三、四歲，剛剛上國中的年紀。父親開了這家麵包店，他有空就到店裡幫忙。每天早晨，在他上學之前，都會有一對年輕的父女來店裡買麵包，然後他們就會走到外面的公車站牌前等公車。他家的麵包店剛好在公車站牌門口。隔著玻璃窗，他看到小女孩拿起麵包來吃的幸福模樣，突然覺得自己的工作也很有價值起來。

以前他還常常嫌父親開麵包店很沒水準，甚至連店名都讓他覺得很俗氣，如果不是因爲母親的要求，他根本都不想到店中幫忙，但是一夕間卻因爲一個小女孩幸福的眼神，改變了他的想法，讓他都感到很不可思議。他開始覺得，開一家讓人感覺到幸福的麵包店也是一種光榮吧？

他還記得小女孩第一次來買麵包的情景。小女孩大約十歲左右，臉上總是紅撲撲的，還有兩個很深的酒窩。她一推門進來，便津津有味的站在櫃子前面，一副對麵包很感興趣的樣子，東看看西看看的。最後她來到精巧如貝殼般的小西點蛋糕——曼德琳娜前面，便突然停了下來，她轉過身仰著臉張大眼睛，對剛好站在一旁的他問：「這是什麼呀？」對這個突如其來的問題，他緊張得結巴了起來。

「這這這……這是我爸爸最拿手的貝殼蛋糕，叫曼德琳娜」。說完這句話，他已緊張得心臟快跳出來，他也不知道爲什麼這麼緊張，平常介紹店裡的西點對他並不是難事，也許是小女孩那雙烏溜溜的雙眼讓他一時失了神，對自己的失常，他心裡有點懊惱。

聽了他的回答，小女孩對著父親說：「爸爸，我要買這個貝殼小蛋糕點心。這和媽媽上次帶我去海邊時撿的貝殼一模一樣。」父親微笑著爲她買了五、六塊貝殼小蛋糕，裝在玻璃袋中。小女孩手拿貝殼蛋糕，臉上帶著幸福的表情離去。而在一旁幫忙的他也看傻了眼，那天他整日都魂不守舍，連去學校都忘了帶便當。

從那天開始，他每天早上都會主動到店裡幫忙，每回隔著玻璃窗看到那對父女走近時，他就會趕忙站到貝殼蛋糕的旁邊等候著。他總會爲她挑選特別大的貝殼蛋糕，再小心翼翼的交到她的手裡。一定要等到小女孩來買了麵包，看她在門口前的站牌前搭上了公車，他才匆匆趕去上學，有好幾次差點都遲到了。早上的這段時間是他寶貴的秘密時光，他連最要好的同學都沒說，一個人藏在心裡慢慢咀嚼。

過了一陣子，偶爾父親會跟這個小女孩的父親聊一下天，每當這時候他總是豎著耳朵傾聽。他慢慢明白了小女孩的母親身體不好，經常臥病在床，不能爲他們做早餐，因此這對父女每天要來買麵包當早餐。而小女孩喜歡貝殼小點心，是因爲那會讓她想起母親唯一一次帶她去海邊玩的情景。這一切與她有關的點點滴滴，他都牢牢記在心底了。

有一次，父親跟小女孩的父親談完話後，竟然伸手捏了小女孩紅撲撲的臉頰一下，口中說著：「小妹妹好可愛哦！」他差點要喊叫出聲，阻止他的父親。那一天他氣壞了，整整一個星期不跟父親說話，只覺得他是個噁心的髒老頭子，一點水準也沒有！過了很多年之後，他才慢慢明白原來那樣的感覺就是嫉妒。而父親卻搞不清楚這個兒子為什麼突然一個星期都不理人？

又過了一段時間，小女孩開始早上一個人來買麵包了。她的母親生病住院了，父親要到醫院照顧媽媽，她只能一個人來買早餐了。看到她一個人孤伶伶離去的身影，他突然好想握著她的手，陪她等公車、上學。然而他只能看著她推開玻璃門，拿著貝殼蛋糕一步一步走向公車站牌，車子靠站時，她的身子在擁擠人潮中顯得如此的瘦小，讓他覺得十分不忍心。

後來，小女孩不再固定出現在店裡。他心中很納悶，卻也不敢開口問，怕被父親知道自己的心事。一天晚上，快要打烊的時候，正好只有他一個人在前面看店，小女孩卻突然匆匆跑來，說是明天學校郊遊，她臨時決定參加，要他爲她準備一包貝殼蛋糕，明天早上她會早一點來拿。

他如約將貝殼蛋糕準備好了，還在玻璃袋上特別紮了一條紅絲帶，像是珍貴的禮物一般。他覺得這就像是他倆第一次的秘密約會，而這包貝殼蛋糕就像是他們之間神秘的信物。他滿懷期盼的等待著，第二天小女孩卻沒有出現。過了一陣子，他才聽說，就在小女孩要去郊遊的那天早上，她的母親去世了。小女孩的父親崩潰了。親友將他們接到南部去休養，從此這對父女也徹底的消失在他的生活圈之中。

自從十年前接下了這個麵包店，他便養成了一個習慣，每天都會留一包貝殼蛋糕，用玻璃紙袋裝好，再繫上紅絲帶。那是爲她特別準備的點心——他相信有一天她一定會來拿她訂的貝殼蛋糕。久而久之，這個貝殼小蛋糕也成為他店中的招牌點心，他也到處收集有關曼德琳娜貝殼蛋糕——這個十八世紀由法國農家之女Madeleines所發明的甜點的種種故事，研究她當初是如何創造出這種貝殼形狀的點心，以增進自己的手藝。

許多人慕名而來打探製作的秘方，但他們始終做不出同樣的味道，只有他心裡明白眞正的原因是，他把對她的思念一點一滴都灌注在金黃的扇貝裡。

這一天，他還是一如往常在店裡招呼客人，並且總是像在等人似的不時抬頭看看窗外，期待公車站牌邊會不會奇蹟似的出現一個熟悉的身影。傍晚，太陽快下山時，他無意間抬起頭來，卻看見一位陌生的女子從公車上下來，遠遠的打量了一下，然後有點遲疑的朝他的麵包店走來。

她推開店門走了進來，先朝四面端詳了一下，當她的眼角掃到貝殼蛋糕時忽然輕輕說了聲：曼德琳娜！他走到她身邊，想聽清楚她說什麼，忽然她轉過身開口說：「請問……」他想她大概是來問路的。這間麵包店就在馬路邊，經常有人來問路。

「請問以前這裡的老闆……是不是一位胖胖的先生？」

「哦，那是我父親。這個店是他開的，現在由我接手了。」他回答著，並且發現這個和他說話的陌生女子雙頰泛著美麗的紅暈，還有一雙烏溜溜的眼睛和大大的酒窩。他的心口猛然撲通、撲通的跳著，一種異樣的感覺夾雜著一股熟悉感向他襲來。

「是你嗎？」陌生女子小聲的說。「很抱歉，那一天我不能來……」

他說不出話來，淚水在他的眼眶裡打轉，只能默默的點點頭。他想說，他知道她一定會來的。她一定會來履行十多年前的約定。

現在她眞的來了。

幸福麵包店，他終於明白爲什麼父親會取這樣的一個店名了。那樣的幸福感覺，眞的需要吶喊出來，大剌剌的掛在店門口，讓每個人都看到、感覺到才行呀！他將繫著紅絲帶的貝殼蛋糕交到她掌心裡，說：「這是特別爲妳做的。」他看到她臉上流露出幸福的神情，那是他在記憶中溫習過無數次的印記。

這麼多年來，他看著不同的客人帶著幸福的笑容走出麵包店，而這一次他會好好的把幸福留住。

詩療・處方箋10

【病名】

愛情相思病

【症狀】

一直等待著內心暗戀的理想對象，無怨無悔地守候一段不可捉摸的感情，日夜不息思念對方。

【藥方】

紅豆生南國，
春來發幾枝？
願君多採擷，
此物最相思。

相思・唐・王維

「紅豆生長在南方，現在春天已經來臨，不知在樹枝上早已生出多少豆莢；希望你看到的時候，要多採擷幾顆，因為紅豆最能慰藉人的相思，也能勾起你無限相思之情。」

【療效】

幸福是一種感覺，但是它依藉著各種形態出現在我們的周遭，等待你細細品味。

在戀愛中對方的一舉一動都格外迷人，連對方喜愛的東西也會成為你的珍藏，當作是見證愛情的象徵物，也是甜蜜感情的記憶，更是守候多年的最佳原動力，即使是只能勾起思念，你還是得到了幸福。尤其是當濃濃的相思，最終修成正果，與愛戀之人締結良緣，更教人感到無比欣慰與感動。

星光夜語

淒淒復淒淒，嫁娶不須啼。
願得一心人，白頭不相離。

應徵人員的履歷表攤了一桌，她仔細的一張張翻閱著，希望能從中找到一絲希望。企劃部經理剛剛已經提醒過她了：「下星期一戲就要開拍了，今天一定要找到人喔！」

在這家傳播公司做了五、六年的企劃，她很清楚整個的作業流程，就算到了最後一天才敲定角色，也不是什麼稀奇的事。更何況這個角色亦正亦邪，是個很有個性的配角，一般常演正派角色的男演員未必肯屈就，而就算願意接演，也未必能表現出這個角色所需要的獨特氣質。

她看完了所有的履歷表，嘆了口氣，站起身來，準備到茶水間那兒給自己倒一杯咖啡。

雖然每一部戲開拍之前都一直在找新人，但她很清楚，想要爲戲中的角色選擇適合的演員，用應徵新人的方式來尋找總是相當困難的。

茶水間裡沒什麼人，倒是一台電視總是開著。她無意中瞄了電視一眼，看到螢幕上正在演一齣民初戲。戲中一個像流氓的男子正在欺負人。她端著一杯咖啡看著看著不覺入了神，仔細端詳起這個看起來壞壞的男人。

其實以前她也看過這個男人演戲，只覺得他的演出還算賣力，總能把壞男人的角色詮釋得淋漓盡致。只不過活到三十二歲，她一向給人乖乖女的形象，而她自己也安於這樣的角色，並不想突破。

因此，在她的生命當中，壞男人似乎是拒絕往來戶，不可以碰觸的禁地。尤其是螢光幕上的壞男人更只是一種可以批評的對象，不是眞實生活中會活會動的實體。因此對於這個演技沒有問題，卻定位在壞男人的男演員，她可是從來沒有特別關心過。

雖然心中帶著一點不屑的感覺，她還是仔細研究了一下電視機裡面正在賣力演出的男人，不知不覺，竟也從中看到了一絲壞壞的魅力。總務股的小妹這時剛好走進來，看到她在看電視就說：「妳也愛看這齣戲呀？我每天都要看呢！今天演到哪裡了？」

她有點不好意思的支吾一下，便匆匆離開了茶水間。回到座位上，翻了一下劇本，準備再重新找人。然後她突然跳起來，衝向企劃經理說：「經理！我找到人了！」

戴著近視眼鏡的經理抬起頭來看看她，疑惑的說：「找到誰了？是新人嗎？」

「不！就是現在演出午間連續劇的那個反派人物，我想，他很適合我們要找的角色！」

她不由分說的拉著經理到茶水間去，連續劇剛好要結束了，總務股的小妹正眼眶紅紅的在拭淚。經理看到了片尾，不禁也同意了她的看法。就這樣，她打了電話給那個壞男人。那個壞男人得到了這個角色的演出，也進入了她的生命裡。

星期一的早晨，這齣戲如期開拍了。第一個場景是在台北市郊的一座山上展開的，下午三點左右，所有的演員才算各就各位，準備妥當。

導演一聲令下：「開麥拉！」

在強烈的聚光燈照射下，那個壞男人淋漓盡致的演出感動了在場的每個人。他飾演一個爲朋友兩肋插刀的犧牲者角色，爲了追求公理正義，不惜遭人誤解、痛恨。

不知道爲什麼，她在一旁卻莫名的興奮著。尤其是聽到有人說：「這傢伙過去只會演反派，沒想到演起正派也還滿出色的。」她就覺得自己是伯樂，發現了千里馬，她的臉頰興奮得發紅，手心也微微出汗了。

中場休息時間要吃便當了，片場助理卻剛好因其他公務不在現場，於是她自告奮勇去買便當。她往四處望望，山丘上一片黑暗，什麼也沒有，還眞不知道要去哪兒買便當呢！正在猶疑之際，那個壞男人卻出現在她身邊，問道：「妳一個人怎麼去買便當呀？我這裡很熟，我開車帶妳下山買好了。山下有一間小店，我常常去吃東西，我帶妳去那裡買便當好了。」

他的聲音出奇溫柔，讓久經世故的她也不禁心動。坐上他的車子之後，他自自然然的說起來：「以前我家就住在這附近。我家很窮，我爸是個清潔工，賺來的錢養不活一家人。我小學就在外面打工了。」他說著瞄了她一眼，「我想，像我們這種流浪漢的生活經驗，妳這種國外回來的高級知識份子一定不能理解吧?!」

她一時語塞，不知道該如何回應這樣的問話。他卻也不在意，繼續說：「我很謝謝妳找我演出這個角色，我也演膩了那些壞蛋的角色，換一種表現讓我也覺得新鮮一點。妳知道嗎？其實我最想做的是廚師，我很會做菜呢！」

她笑笑說：「現代的男人好像比女人還賢淑，我根本都不會下廚呢！」

他也笑了，臉上的線條也柔和多了。這時車子轉了個彎，一家山間小店出現在眼前。一對老夫妻在經營小吃店，看到他來果然笑瞇瞇的迎上前來說：「今天這麼晚來呀？已經收了耶！」

「沒關係！」他說著走到冰箱旁邊，打開來看看，「看看還剩什麼材料？我來做吧！」

老婦人笑著讓他自己動手做。果然他找到一些青菜、豆腐、肉類的東西，便開始烹煮起來。她站在一旁完全看呆了。沒想到這個浪子型的男人真的會炒菜做飯，五菜一湯，不到三十分鐘便完成了。飯菜都準備好了之後，他再開著車子帶她回外景的地點。車子經過一個地點，整片茂密的叢林中露出一片水泥地的平台，他指指窗外說：「那個平台是全台北看星星最美的地方。」

她來不及做出反應，他又繼續說了：「另外一邊有一片樹林，剛好也有一片空地，那裡是看台北夜景最美的地方。以後有機會再帶妳去看。」

她又嚇了一跳，更覺得不可思議了。從她的標準來看，這個男人完全不是可以一起去看星星的對象，更不是她夢想中詩情畫意的男主角，但是當他說出要帶她去看星星與夜景時，她竟然也有點莫名的心動了。

就在這時候，車子已經轉進了山坡，來到出外景的地點，她很慶幸自己不必回應那個不是問題的問題。那一整夜，他倆沒再交談，只有當他偶爾暫停一下時，她會瞄到他站在黑暗的坡地上抽菸。四處一片漆黑，只有他的菸頭透露出一點紅色的星火，像是一種微弱的希望，在最絕望的時刻裡仍然努力燃燒著。

兩個月後，戲殺青了，推出之後果然大受歡迎，在戲中扮演配角的他果眞受到刮目相看，各家傳播製作公司爭相邀約，一夜之間，他成了一線明星，前途看好，而她也因爲選角有功，讓公司賺了大錢，而升任企劃經理。

升任企劃經理使她的工作變得更忙碌，那個壞男人的身影成爲一個如夢似幻的昨日，似乎再也不會出現在她生命中。

但是在平穩的生活中，卻有些流言干擾著她的心。據說他在成名之後，爲了講義氣幫朋友還債，接了許多黑社會的流氓戲，但卻影響到他的工作品質與聲望，最後他變得消沉頹廢，甚至常常出沒舞廳、PUB、搖頭丸店，狂歡終日。而在她有意無意聽到的流言當中，最讓她心痛的是：聽說他每次去一個據點就會帶其中一個最辣的女孩子出場，回家過夜。

想到過去他曾經在幽暗的山上許下的承諾，她突然覺得不甘心，不願意這樣一個曾經有過單純心願的男人就這樣失去了自我。

於是她開始每天晚上到各個不同的 PUB 去尋找，希望能找到當初那個純眞的男人。PUB 不是屬於她的地方，她的穿著髮式都顯得格格不入，有的人還用異樣的眼光瞄著她，懷疑她來此地的動機。而她什麼也不想理會，只是強忍著菸味，想要找到那個曾經熟悉的身影。

有一天，終於在一群勁歌熱舞的人潮中看到了他。他還是那樣的灑脫不羈，只是臉上多了一點滄桑的憂鬱。熱舞過後，他果然帶了一個辣妹出場了，而她就在幾步之遙，眼睜睜望著他摟著女孩，甩甩頭離去。

她怔了一下，心中莫名的傷感起來。一個人失魂落魄的衝了出去，午夜的街頭一片空蕩，巷弄之中沒有任何人影，她垂著頭沮喪的走著。突然幾個少年迎向前來，嘻皮笑臉的要逗弄她。她害怕的瑟縮在牆角，不知道如何是好。

就在這時候，一雙有力的手臂抓住了她，把她拖出了險境。她睜大眼睛，看到是他的那雙手與那張臉。也許是他在螢光幕上飾演黑道流氓的印象太逼眞了，幾個不良少年看到他露出凶惡的眼神便立刻一哄而散。

她虛弱的依靠在他身上，他摟住了她，卻有點責難的說：「這裡不是妳該來的地方！妳不是不愛跳舞？爲什麼會來這裡？」

她答不出話來，彷彿已經用盡了力氣。

「我剛才就看到妳了，本來以爲自己眼花了。後來我想妳一定是跟朋友來的，我就走了。」他繼續說著。

當他看到她的眼淚時，他才停止了說話。他把她的臉捧起來，柔聲的說：「我知道我答應過妳，要帶妳去看天上的星星。不過現在已經快天亮了，我們就一起去看清晨的曙光吧！」

詩療・處方箋11

【病名】

愛情渴望症

【症狀】

為了追求嚮往的愛情，不惜改變自己的生活方式，去試探對方是否值得自己付出一切。

【藥方】

皚如山上雪，皎若雲間月。
聞君有兩意，故來相決絕。
今日斗酒會，明旦溝水頭。
躞蹀御溝上，溝水東西流。
淒淒復淒淒，嫁娶不須啼。
願得一心人，白頭不相離。
竹竿何嫋嫋，魚尾何蓰蓰。
男兒重義氣，何用錢刀為？

白頭吟・西漢・卓文君

「今日山頂上的白雪皚皚，雲間月光是多麼皎潔。我聽到你想另結新歡，所以特地來和你訣別。今天是最後一次設酒和你相聚，等到明日清早就將在御水溝旁與你分別。我緩緩地徘徊在御水溝旁，我們曾有過的愛情，即將像溝水一樣東西分流而不復返。即將出嫁的女子們，勸妳們不必啼哭落淚，只要能得到一個真心相待的男子，能白頭偕老永不分離，就是幸福。男女相愛的幸福，就像柔長的釣魚竿隨風飄動，魚兒在水中悠悠，魚尾就像沾濕的羽毛般潔白。男子漢應當重義氣，怎能用金錢來衡量愛情呢？」

【療效】

感情世界裡，最真實也最重要的，就是兩人的堅貞愛情，如果一方已有異心，就算再多的金錢，也是枉然。

有時候人會被表象蒙蔽雙眼，難以了解對方真心想法，或是以世俗的標準來衡量對方的一切，因而找不到真愛。其實，人的特質是藏在表象之下，內心的深處。有人看來如浪子，若你以世俗標準來看待這樣的人，可能就會喪失真愛的機會。需要一段時間慢慢發掘，才能彼此真心以待，愛情不就是這樣一點一滴累積起來的嗎？

聽海豚唱歌

蒹葭蒼蒼，白露爲霜。
所謂伊人，在水一方。

離下班還有一個多小時，他正在爲了做今天的報表而頭疼不已。這時電話響起來，他接起電話，一個嬌滴滴的聲音傳來：「快點來呀！我正在喝下午茶，等你來了，我想去百貨公司買東西。」

他皺皺眉頭說：「現在是上班時間，我沒辦法離開呀！」

「不管啦！反正是爸爸的公司，他不會怪你的，你快來呀！」

這時旁邊的同事看他爲難的樣子，竟用一種「還不是那麼一回事」的眼光瞄向他，他看在眼裡，心中頗不是滋味。

掛上電話，他慢慢收拾著桌上的物品，往事在心中翻湧。當年他還是個體育系的學生，每年暑假都會到健身中心當游泳教練兼救生員，好賺取下學期的學費。

那天他正在當班，來了幾個穿著比基尼泳裝，一看就知道不會游泳的妙齡少女。他小心注意著她們的動向，果然過了不久，在打打鬧鬧間，一個少女不小心跌入了泳池，在水中載沉載浮，顯然出了問題。他立刻將少女救起來，很嚴肅的告訴她：「如果不會游泳，最好要帶著救生圈。」旁邊一個穿橘色泳衣的少女說：

「莎莎，妳就請他教妳游泳吧！」

那個夏天，他成了莎莎的教練。一天晚上，莎莎練習到比較晚的時間，便要求他送她回家。在回家路上，莎莎主動摟著他，親暱的把頭靠在他身上，嬌滴滴的問他說：「我可以當你的女朋友嗎？」

一向木訥的他不知道如何作答，只是點了點頭。體育系畢業、當完兵後，他正準備就業時，不待他考慮，莎莎便斷然安排他到她父親開的公司上班。這是一家傳統的電器器材公司，跟他所學相去甚遠，雖然不合他的意，但個性溫順的他，不想讓女朋友傷心，於是就待了下來。一晃眼好幾年過去了，他跟莎莎也訂了婚，準備要結婚了。

下班的時間終於到了，他急急忙忙衝出門去，趕到百貨公司，莎莎已經一臉不耐的站在門口，旁邊的地上擺了大包小包的東西。「哎！跟你說早點來你偏不要，那個班有什麼好上的，快點幫我拿東西，我都累死了！」他無言的撿起地上的大包小包，跟在莎莎身後。漸漸的，他手上的東西越來越多，心情也越來越沉重。

他覺得自己就像一匹駱駝，走在無垠的沙漠裡，永遠都找不到綠洲。

正覺得萬分無聊之際，忽然他發現靠電梯旁有一個熱帶魚缸，大型的魚缸中漂浮著鮮翠的水草，幾尾五色繽紛的熱帶魚優游其間，好不自在。他看著魚缸中的熱帶魚，突然羨慕起牠們來。忽然一個小男孩天眞的說：「這些魚好美啊！天氣這麼熱，能在魚缸裡面游泳好幸福啊！」他看了一眼身旁的小男孩，心中頗有同感，正想回應，旁邊卻出現了一個女人的聲音說：「跟在大海中游泳的魚比起來，這些魚太可憐了。牠們只能吃一些人工飼料，怎麼樣都長不大的。」

他聽了心中一動，不覺抬起頭看了她一眼。穿著白色洋裝的女子繼續對小男孩說：「哪天你來我住的島上，我帶你去看魚、看珊瑚，海中有好多的魚，而且海豚還會唱歌呢！」他們邊說邊走遠了，他卻呆在原地，不知所措。原本他以爲很美好的魚缸，在白衣女子眼中卻成了魚的囚場；魚缸中的魚又怎能比得上大海中的魚那樣自由自在呢？

第二天上班開始，他有些心浮氣躁起來。「大海中的魚」一直在他心中浮現，莎莎打電話來時，他也沒有以往的耐心，跟她起了小衝突。他悶悶不樂的坐在座位上發呆。旁邊的同事卻酸溜溜的說：「看開一點吧！大小姐脾氣就是這樣，你就忍著點吧！將來你當了社長，可別忘了提拔、提拔我喔！」他斜睨了同事一眼，心中很不以爲然。這些人心裡瞧不起他，表面又巴結他。他已經受夠了，突然間他站起身來，想到外面透透氣。

在戶外的陽光中，他的心情平靜了一些。經過一家超商時，他看到窗戶上貼了一張「陽光夏日海洋之旅」的海報，他忽然想起以前唸書時，一位和他交情不錯的同學便來自南方離島，他的皮膚白，那位同學皮膚黑，兩個熱愛游泳的人在水裡時看起來就像黑白兩條鮫魚一樣，所以「黑白雙鮫」就成了他們的綽號。那些在水中翻騰的記憶像潮水湧上心頭，他想起他曾經跟著這個同學去過那個小島，但那已是年代久遠的事，這幾年同學之間也失去聯絡，他沒把握能不能找到舊日的玩伴。但是現在他已經不擔心這些事了，他想要去看的是一望無際的碧海藍天，和痛快的在大海中游泳，感覺一下做一條自在游泳的魚——他已經快記不起來那種滋味了。

來到島上，他租了一輛吉普車，憑著記憶尋找昔日好友的家。他經過一片開滿黃色野花的草原，看見一座小小的村落，他停下車子，遲疑的敲了敲其中一扇門。門打開了，走出來的竟是那天在魚缸前面談話的女子。她不認得他，他卻吃驚得有點說不出話來。原來她竟然是好友的妹妹，女孩表示自己的哥哥已在幾年前搬到台北，現在家裡只剩下她跟奶奶。

「啊！原來妳就是米亞。當年妳還拖著小辮子，現在已經這麼大了。」他望著女孩，感到不可思議的說。就在那一刻，他心裡有一種感覺——自己的人生可能會因爲這個女孩子而有重大的轉變。

個性開朗、落落大方的米亞，笑起來有一種自信的神采，她提議要當他的嚮導，帶他到島上四處走走，於是他們定下了明日之約。

回到他投宿的飯店，一整夜他都輾轉難眠，半睡半醒中他作了一個夢，夢見自己變成一尾魚在玻璃缸中游來游去，正當他聚精會神的追逐著水面誘人的飼料時，忽然一聲巨響，玻璃碎裂，他隨水沖落地面，吃力的用嘴巴和魚鰓一張一合拚命呼吸，魚飼料就在他身邊卻不再有任何吸引力，他覺得自己就要窒息了。

他從夢中驚醒過來，那種要窒息的感覺似乎還沒有從腦海中退去，他走到窗邊打開窗戶讓夜風湧入，大口大口的呼吸島上新鮮的空氣，慢慢的他的情緒沉澱了下來，他聽到了海浪的聲音。從窗口望出去，遠處點點漁火閃爍，他看著那些載著漁獲朝港口慢慢靠岸的船隻，心中充滿了幸福安詳。

第二天，一大早他就被一陣敲門聲吵醒。米亞笑意盈盈的站在門外，對著睡眼惺忪的他說：「要不要嚐嚐我做的飯糰！吃完早餐，我要帶你去個特別的地方。」他們搭乘渡船在海上行駛了一段路程，然後再搭上一隻小舟，划著槳來到一個小島上。潔淨的白沙親吻著他們被潮水打濕的雙足，他看著在清澈的淺灘海水裡游泳的小魚，忍不住趴下來把自己的臉浸到水中，而那些小魚似乎也不怕他，就在一旁自在的游來游去。

她告訴他這片美麗的白沙，每一顆都住著珊瑚與貝殼的美麗靈魂，牠們是億萬年來歷經海浪拍打而琢磨成的。她撿起了一小撮白沙放在他掌心，要他合上手掌去感覺每一顆沙粒。那是一種他從未體驗過的感覺，他聽到自己的心跳，像天然的韻律般起伏著。一望無際的天空和沙灘之間只有他們兩個，徐徐的海風輕拂，掌心上的自然奇蹟呼喚著他失落已久的靈性。

「米亞，妳知道嗎？如果不是因爲妳，我可能不會來島上。」米亞一臉驚愕的看著他，於是他把在百貨公司的魚缸前遇到她的經過說了出來。「要不是聽了妳那番話，我現在還窩在不能透氣的辦公室裡看人臉色。」

「啊！原來那天你也在場。那天我帶姪兒，就是我哥哥的孩子到百貨公司玩，沒想到隨便說了些什麼，卻讓你聽到了。」

「這些話對我來說可不是隨便說說，原本我以爲金魚缸裡的魚就已經很幸福了，但是妳的話提醒了我，原來我根本不適應金魚缸的環境，我也不喜歡那樣的生態，只是習慣了那樣的限制，不知道自己還有選擇的自由。」

米亞點點頭又說：「我了解你的心情，不過大海是殘酷的，也許你會覺得金魚缸很安全。」他點點頭，轉身面對大海大聲的說：「這個世上沒有永遠安全穩定，只有當你的心能夠決定方向時，你就是安全的。」他臉上流露著一股自信神采。

「米亞，妳爲什麼會留在島上？」他好奇的問。

「我今年才從專校畢業，本來打算在台北找工作，就住在哥哥家。但是我實在不習慣台北的生活，而且我總是覺得故鄉很需要我，每次回來我都覺得這裡變了許多，如果再不努力，或許幾年後再也聽不到海豚唱歌了！」

「聽海豚唱歌？」

「小時候，我和哥哥來小島上玩耍時發現海豚的蹤影，剛開始牠們數量並不多，我們還幫牠們取名字，後來海豚漸漸多了起來，只要是風和日麗的日子，常常會從海面上傳來牠們的叫聲，那種快樂的聲音聽在耳朵裡就像是在唱歌。」海風吹亂了她的頭髮，沉浸在回憶中的米亞，臉龐如澄藍的天空般美麗。他像受到大自然召喚似的，全神凝視著這張令他感動的臉。

「但是近年來海洋生態一再遭到破壞，去年還因海面浮油嚴重污染造成魚類大量死亡，海豚也越來越少。這幾個月連一隻海豚也不見，害我好擔心！」米亞憂心忡忡的說。

雖然米亞還沒有找到保護故鄉生態資源的最好方法，但他相信這個聰慧又有想法的女子，一定會爲了保護心愛的家園而不遺餘力，因爲短短幾天從她的身上，他已經找到了自己的未來，從她的眼神裡他看到了發自內心的鼓勵。

「讓我們一起去尋找海豚的蹤影吧！」他牽著她的手一起走向海洋，朝大海的深處游去，那些和善的魚把他們當朋友似的圍繞在身邊，珊瑚、海草熱情的搖曳著像在跟他們招手。他相信只要他們願意努力，不放棄希望，有一天一定會找回失去的海豚。

那天他沒有再回到飯店，手機也沒有再開機。幾個星期後，莎莎接到解除婚約的信函，哭了幾個晚上，最後在姊妹淘的安慰下，決定重新出發。畢竟，婚姻還是要門當戶對的好。她終於這麼相信了。

而他決定留下來和她一起捍衛這個美麗的小島。不管要吃多少苦，他只想做一條在大海裡游泳的魚，再也不回魚缸裡吃魚飼料了！

詩療・處方箋12

【病名】

愛情束縛症

【症狀】

做自己不喜歡的事，淪為愛情奴隸，以對方意見為中心，以對方喜好來決定自己人生方向，即使違背心意也無妨。

【藥方】

蒹葭蒼蒼，白露為霜。
所謂伊人，在水一方。
溯洄從之，道阻且長。
溯游從之，宛在水中央。

詩經秦風・蒹葭（節錄）

「水邊的蘆葦長得很茂盛，上面所滴的白露，已經被寒氣凝結成霜。我所說的佳人，就是在水的那一方向。我想逆著水流走到她的身邊，但是漫長又充滿阻隔的水路不能通行；我想順著水勢走到她身旁，但是她就像是站在水的中央，無法接近與她說話，也是徒然。」

【療效】

追求真正屬於自我的愛情，是會遇到許多困難的考驗，但當你發現自己心之所向，而勇往直前時，愛情終究會來到身邊。

愛情不能隨波逐流，不能忽略內心真正的心聲與需求，有時要停下腳步，聽聽自己內在的聲音，不要讓愛情成為形式與習慣，即使滿身受傷也要試著給自己機會，勇於追求真正屬於你的愛情，至少多年後想起這塵封往事，不會後悔曾經努力過。

第四卷
苦戀

玫瑰與荆棘

桂葉雙眉久不描，殘妝和淚污紅綃。
長門盡日無梳洗，何必珍珠慰寂寥？

天色漸漸昏暗，她望望窗外，在心中無聲的嘆息了一下。這又是一個寂寞的夜晚，一個單獨吃晚餐，獨自成眠的夜晚。顯然今晚他又不回來了。看著擺滿一桌的菜餚，她一點胃口也沒有，只覺得生活如此乏味，就連食物也喪失了意義。

記得在婚前他並不是這樣的男人。那時候她剛由學校畢業，在朋友開的音樂教室中教小提琴。那天他來店裡挑選樂器，想送給朋友當生日禮物。而她剛好上完課，下樓來準備離開。「小姐！請妳讓我看看這個口琴怎麼樣？」他衝著她叫道。她轉身看看四周，那位店員小姐不知跑到哪裡去了，她只好往前冒充一下店員。就這樣，他們認識了。熱情冒失的他發現她不是店員，而是音樂家之後，便送了一束玫瑰花到店裡表示歉意。

從那天開始，他對她展開猛烈追求。學生時代她一向專注於練琴，從不爲感情的事分心，久而久之身旁追求她的男同學碰壁多次，便視她爲冰山美人敬而遠之。出了學校，頭一回遇到一個人死心塌地的追求，倒也不免有幾分心動。那像是一種虛度的芳心獲得了滿足，又像是一隻倦鳥找到了巢穴，就在他送了第一百束玫瑰之後，她答應了他的求婚。

因爲她喜歡玫瑰，結婚後他特別買了這棟有院子的房子，請人爲她種了許多不同的玫瑰，讓她的生活中永遠充滿瑰麗的色彩與芬芳的香氣。在她細心照拂之下，玫瑰園中的玫瑰越長越茂盛，姹紫嫣紅，全是她的心情寫照。隨著玫瑰園蔓延盛放，他的工作也越來越忙碌，他經營的公司不但業務繁忙，而且還在海內外開了許多家分公司。他經常四處開會，出國考察，越來越沒有時間待在家裡，更別談與她一同欣賞照顧玫瑰花園了。

慢慢的，心緒低落的她對玫瑰園也失去了興趣，只有偶爾望向窗外時，感嘆著一座美麗的玫瑰花園如今變成了荒蕪的庭園。現在，她看著那些不長花苞，卻猛長葉子、枝椏胡亂蔓延的玫瑰，在將暗的天空下隨風搖曳如魑魅般嚇人，不禁發出一聲聲嘆息。「玫瑰不開花與荊棘何異！」她心中暗暗做了一個決定，轉身走到廚房裡取來一把利剪，剪得玫瑰枝葉落了滿地，一不小心扎人的荊棘將她的手臂劃了一道傷痕，她望了望傷口，卻覺得滴血的是她的心。就在暮色將盡時，忽然她聽到車聲開近屋子的聲音。她知道是他回來了，她站在園子裡只見丈夫無視於滿地殘枝落葉，踏著沉重的腳步朝她走來。看到丈夫一臉凝重的表情，原本想要說的話這下全都止住了，她靜靜等著他開口。

「最近公司在海外投資失敗了，負了一大筆的債務，這幾天籌錢都快籌瘋了。」

「不過妳放心，再怎麼樣我也不會讓妳過苦日子的。」丈夫不斷的向她保證。她看著丈夫，心想難道他眞的不了解她在乎的根本不是這些。丈夫的話讓她聽了很無奈，卻不知能幫上什麼忙。她一向不是個有能力到外面替丈夫籌錢的女人，現在丈夫的生意出問題了，她也只能跟著著急而已。當天夜晚，她輾轉反側，難以成眠。一個星期過後，丈夫回到家，臉上卻帶著這些日子以來少見的欣喜神色。他表示有一個財團的老闆願意出資幫助他，唯一的條件是要他妻子讓出那把身價上億的小提琴。因爲對方知道他的妻子是個小提琴家，手上有把珍貴的小提琴。

他很疑惑的問道：「妳有一把上億身價的小提琴，我怎麼不知道？」

她怔住了，不知道如何作答。她確實是有一把意義非凡的小提琴，那是她考上音樂系不久，父親臨終時送給她的禮物。父親告訴她：「這把桃花心木的小提琴跟了我一輩子，雖然我沒有成爲什麼偉大的小提琴家，但是每當我在拉這把小提琴時，心中都會充滿快樂與幸福。我不能留下什麼遺產給妳，只希望這把小提琴能永遠帶給妳幸福快樂。」

父親的話永遠銘刻在她心底，她很珍惜這把小提琴，當作是生命中最重要的紀念物，但她卻明白這把小提琴並沒有上億身價，對方會提出這樣要求，不禁引起了她的好奇心。

在丈夫的哀求之下，她答應先跟那個人見一面，問清楚什麼原因再做決定。在約定的那一天，她一個人來到一棟高級的花園大廈。接待她的是一名沉默的男性管家，她一個人坐在寬敞的客廳裡，懷疑著這會不會只是一場夢幻？屋內非常安靜，只有遠處房間裡傳來韋瓦第的《春之聲》。那曾經是她最愛的小提琴樂曲，現在似乎已經離她很遙遠了。她已經很久很久沒有再拉小提琴。無意間她望向窗外，看到一整片紅色玫瑰花盛放在花壇中，雖然沒有像她曾經擁有的玫瑰園那麼繽紛多彩，卻有一種說不出的壯麗。她看癡了，竟然沒聽到有人進來的聲音。

「嗨！好久不見。我們是老同學了，但是我想妳一定不認得我。」

她嚇了一跳，轉過身看到一張陌生卻充滿陽光的面孔。「我們……眞的曾經是同學？」

他很瀟灑的笑了。原來他們唸同一間學校，但不同系。一天晚上她的系裡舉辦音樂會，他去聽了。她穿著一身白紗禮服，在台上演奏著韋瓦第的小提琴曲《春之聲》。對他來說，她就像是春之女神，滋潤了他荒涼的心田。

從小他生長在貧困的家庭中，他的生活中沒有音樂與美感，有的只是現實的生存問題。大學唸了一年之後，就因爲繳不起學費而輟學了。雖然他很渴望再有機會聽她的演奏，但是他也明白這一輩子他倆將無緣再聚了。

他回到南部的鄉下，開始跟父親一樣做個建築工人。因爲勤奮努力，受到老闆的賞識，他當上了監工。隨著八〇年代建築業的起飛，他也跟著賺到錢，自己開了一間小型的建築公司，到處包工程，最後也掙到了千萬的財富。接著他又將本金放進股市中，如今的他已經是身價數億的大富豪了。在這一路奮鬥的過程中，他卻始終沒有忘了她。他一直在打聽她的消息，知道她的父親去世了，有了男朋友，也結婚了。而他一直保持單身，因爲在他的心中，沒有任何人能取代她那種春之女神的地位。

「我願意買下那把小提琴，因爲那是我成功的原動力。每當我覺得快倒下來，快活不下去時，都是那把提琴的聲音在提醒我，讓我重新活過來，繼續奮鬥。我想以這樣的價錢買到這把生命的小提琴，其實並不昂貴。」他說著微笑起來。她卻眼中含著淚光，一句話也答不出來。

她像是夢遊般的回到家裡，丈夫看到她第一句話就問：「他買了小提琴嗎？」她怔了一下，表情僵硬的點點頭，便逕自上樓了。第二天早晨，她的丈夫醒來，看到床邊擺了一張巨額的支票，而她卻消失了身影，只帶走了那把小提琴。他四處打聽她的消息，卻毫無所獲。

在遙遠的南方，一個偏僻的小鎮上，出現了一間音樂教室，小園中還種滿了玫瑰。據說老闆是一對恩愛的伴侶，每個人聽到女主人用那把古老的桃花心木小提琴奏出美麗的音符，都感覺到無比的幸福與快樂。

詩療・處方箋13

【病名】

愛情憂鬱症

【症狀】

全心全意投入、付出，一旦失去所愛，憔悴失眠，神情恍惚有如枯萎的玫瑰。

【藥方】

桂葉雙眉久不描，
殘妝和淚污紅綃。
長門盡日無梳洗，
何必珍珠慰寂寥？

謝賜珍珠・唐・江采蘋

「我已經許久不曾仔細地妝扮過，一想到你的薄情，我滿心痛苦，眼淚無法遏止地流了下來，紅色的絲絹都被淚水所浸污。自從被你冷落後，我已經不需要再刻意打扮了，既然如此，你又何必將昂貴的珍珠項鍊送來，試圖安慰我的寂寥呢？」

【療效】

愛情才是滋潤人心的唯一靈藥，如果沒有真實的愛，再多再珍貴的禮物，也是枉然。

人到底該追尋什麼？名利、富貴或真愛情？在女人心中，擁有愛情才是滋潤人心的靈藥，然而感情往往過一段時間便會褪色，尤其男女之間的愛情，熱戀時如火如荼，也許一段時間之後，感情回復平淡，也就漸漸淡忘，這首詩提醒我們，一旦婚姻中只剩下物質，缺乏愛情與精神交流，這樣的感情也不值得回頭了。

雪花的記憶

曾經滄海難爲水，除卻巫山不是雲。
取次花叢懶回顧，半緣修道半緣君。

第一眼看到他時，她就知道過去的那些日子，都只是爲了等待與他的相逢。

他們是在大雪紛飛的紐約機場碰面的。她看過表姊訂婚時的照片，因此毫不費力地從人群中看到了他。他和照片上那個神采飛揚的男子有點不同，雖然個子依然高瘦，穿著鐵灰色的風衣，圍著蘇格蘭格子圍巾，但眉宇間多了一分成熟男性的瀟灑。看到他的時候，她不自覺的退後了一步，有點想要閃躲的感覺。她不知道自己爲什麼會有這樣的舉動，或許是潛意識裡，她知道如果他們相認，就將是一場悲劇的開始。

但是她沒有太多考慮的時間，因爲他已經轉過身，很快的就從眾人之中認出她來了。他笑著跟她打招呼，臉上有幾道深刻的皺紋。

「妳已經到了呀？我剛才還擔心大風雪，妳的班機到不了呢！」

「還好飛機著地後才下起大雪。眞不好意思，這麼大的風雪還麻煩你來接機。」

「不要緊。妳表姊說，妳要來住上一陣子，聽說已經在申請語言學校是吧？」她點點頭，沒再多說什麼。

其實這次來紐約也算是意外之旅。在台北的工作剛好碰到了瓶頸，有許多想不開、看不淡的事困擾著她。因此她乾脆遞出辭呈，打算到紐約唸一下語文，充充電，轉換一下心情。但是辭呈提出去之後，老闆卻不肯簽，只給她兩個月的假，讓她休息一陣子。因此她是帶著不確定的心情來到紐約的。

車子開在冰雪封凍的路面，她的心中有一些莫名的感動。她想起自己飛行了幾萬里來到一個陌生的國度，和一個素昧平生的男人並肩坐在狹小而溫暖的車子裡，剎那間她有一種把自己的未來交付在對方手中的感覺，她的眼眶不覺濕潤了起來。

忽然，他的聲音在耳畔輕輕響起：「假如我是一朵雪花，翩翩的在半空裡瀟灑，我一定認清我的方向，飛颺、飛颺，飛颺，這地面上有我的方向……」他一邊唸著一邊下滑了一點她身旁的車窗，幾片從天而降的雪花隨風吹入車內落在她肩上，他忽然開口說：「喜歡雪嗎？據說它們是愛神的眼淚！」

她驚訝的看著他，說不出話來，不敢相信這個男人，竟然和她一樣，喜歡這首出自徐志摩的浪漫詩篇。

她沒有回答，而他們的話題也沒有再繼續。車子很快的就到了表姊家，他將她交給表姊，就趕著回公司去了。

接下來就是一段紛亂的日子。

她如願申請到學校，也找到離學校較近的住處。這一切的麻煩事，都是他陪著她去辦的。她原本想拒絕，但表姊堅持她人生地不熟，又沒有車子，許多事情不方便，一定要他陪著去處理。表姊常常掛在嘴邊的話就是：「都是一家人囉，幫幫忙也是應該的嘛！」

聽到這話，他總是會心的笑一笑，什麼也沒反駁。倒是她下了決心，等學校手續辦好，她就要跟表姊一家人保持距離了。

她搬走之後，過了一段安靜的日子，學校的課業也不容許她分心。離開學校多年之後，重新拾起書本確實是一件需要付出努力與決心的事。

一天下課之後，她正準備到學生餐廳吃飯，突然遠遠的有人叫她的名字。她轉過身來，看到他氣喘吁吁的跑過來說：「聽說妳好久都沒有跟表姊聯絡了，我怕妳出了事，特地來看看妳。」

她低聲說：「表姊叫你來，你才來呀？」

他沒聽清楚，追問她說了什麼？她卻不肯再說，只是很高興的跟著他去校園附近的中國餐館吃了頓大餐。吃完飯後，走在積雪的校園中，看著她紅撲撲的臉頰，他疼惜的說：「瞧妳，幾天不見臉都瘦了一圈了。」

她一聽這話，眼淚就止不住的流下來。他慌忙的摟住她，連聲問道：「怎麼了？我是不是說錯什麼話了？」她連連搖頭，匆匆掙脫了他的懷抱，逕自跑回宿舍去。

兩個月的假期過去後，雖然學校的課程還在繼續，她已經下定決心要離去了。她不想做個情感上的背叛者，畢竟表姊待她不薄，她並不想破壞表姊美滿的姻緣。

回台北之後，她又回到原來的工作崗位，但是這回她改變了心態。她全神貫注在工作上，似乎紐約所發生的一切只是一場夢。夢醒了之後，就該忘掉夢中的一切。

一個多月後，一天晚上，她正在公司加班，竟然接到他的電話。她問他在哪兒？他說：「我在桃園中正機場，妳能來接機嗎？」

那天晚上，他就住在她坪數不大的小屋中。雖然他們都不想讓事情變得更複雜，但是愛情卻像阻止不了的野火，燃燒到天涯海角。

兩個星期過去了，他的假期結束了。臨別時他說：「我回去一定要做個了斷。我不想再這樣拖下去了。」她卻捂住他的嘴，不讓他再說下去。

離別之後，她一個人落寞的回到住處。午夜時分，她仍舊無法成眠，起身打開電視，想看看有沒有什麼可以看的節目。電視新聞卻播出了一則快訊：「今天晚上七點起飛前往紐約的班機，目前失去聯絡訊號……。」

他搭的那班飛機失事了，機上的人生死不明。她非常難過，覺得自己是個罪魁禍首，如果當初他不要爲了她而來台灣，就不會遇上這樣的不幸。

在那幾天當中，她魂不守舍，卻又到處打聽不到他的消息。一天晚上，她經過一間教堂，突然想進去坐一坐。教堂中空無一人，只有聖壇上散放著蠟燭的微光。她跪下來祈禱，痛哭流涕。半個多鐘頭後，她終於下了決心。她祈禱著：「上帝，我情願放棄這一生的最愛，也要祈求您讓他生還。」蠟燭的火光微微閃動了一下，似乎在見證她與上帝之間的秘密約定。

就在她放棄一切希望之際，竟然聽到他獲救的消息。原來飛機墜毀在山區，他被抛出機身外，落在一塊大石旁佈滿落葉的軟泥地上，他活了過來，卻斷了一條腿。在醫院休養了好一陣子之後，他終於出院了。在這段期間，他一直想辦法要跟她聯絡上，她卻像是消失在人海中的泡沫，不見蹤影。

她不敢跟他聯絡，雖然透過親友打聽到他跟表姊的消息，知道他出院後變成有點瘸腿，走路沒有以前那麼方便了。過了一段時間，他仍然找到了她，在電話中，他苦苦詢問她爲什麼都不聯絡，她卻冷酷的說：「哼！我可不想跟一個瘸子過一生。」

他悵然的掛斷電話，從此不再來電。爲了讓他徹底斷念，她不得不傷害他的自尊，終於他死心了，而她卻活在日以繼夜的悲痛中。

十年後，她早已離開原來那家公司，自己創業，也有了一番成就。這些年當中，她不是沒有來美國的機會，卻都被她推掉了。她怕自己來了之後會情不自禁，會把持不住自己與上帝之間的承諾。但是這一次的工作實在推不掉，而且也已經十年過去，誰還會記得那些陳年往事呢？

她勇敢的踏上了往紐約的班機，自己想辦法由機場到了旅館。如今的她經歷過人生的風吹雨打，已不再有當年那種多愁善感的閒情，不再會爲了一點小事而心動了。何況這些年來，他早已跟表姊結婚、生子，也該忘了她的存在吧？

忙碌了一陣公事之後，這天下班時分，她有了點空閒時間，就打算一個人悠閒的搭地鐵回住處。在擁擠的地鐵站，芸芸眾生中，她卻一眼就看到了他，就像當年在人潮洶湧的紐約機場，她能準確無誤的認出他來。這一次她卻眞的不敢相認了！

上帝履行了和她之間的約定，而她又有什麼理由背叛這個神聖的盟約？她更不能因爲自己的軟弱，而讓他受到命運的詛咒。

她顫抖的躲在柱子後面，遠遠的打量著站在對面月台的他。她看到他的頭髮比同年齡的人要白了許多，有一點跛腳和憂鬱的神韻讓他在人群中顯得遺世而獨立。她不知道是因爲思念她才讓他提早白了頭髮，還是因爲失去了她讓他變得落落寡歡。他空洞的雙眼裡有著藏不住的絕望，教她看了心痛萬分，她只能祈求老天讓他平安幸福，早日從失去她的傷痛中走出。

她覺得自己快呼吸不過來了，緊靠著石柱的身體似乎隨時要癱軟下來。這麼多年來，她以爲自己已經遺忘的記憶，竟如此猛烈的侵襲而來。她曾經以爲自己已經遺忘了的愛，原來仍舊如此鮮活、生動。

地鐵來了，遮住了她的視線，也遮住了所有的回憶。等車子開走，他已經不見蹤影。有一股力量又回到她的體內，或許那是上蒼的力量，讓她明白：雖然她不能擁有這個人，但只要她曾經眞心愛過，這一生就沒有白活。

那一夜，紐約下起了這年冬天的第一場雪。輕盈的雪花漫天飛舞著，她打開窗，讓潔白的雪花飄進來，飄在髮際、飄在肩上、飄在掌心。融化的雪從她的臉龐滑下變成晶瑩的淚水，她想起他曾說過：「雪花是愛神的眼淚」，美麗而冰冷的滋味，一定讓愛神的心也碎了吧！凝望著天空，她想像自己變成了朵朵雪花，飄落在他的窗前……。

詩療・處方箋14

【病名】
愛情浪漫症

【症狀】
對愛情存有不實的幻想，而且明知故犯，愛上不該愛的人。

【藥方】

曾經滄海難為水，
除卻巫山不是雲。
取次花叢懶回顧，
半緣修道半緣君。

離思・唐・元稹

「曾經看過浩瀚大海的人，那小小的江湖是不足為觀的；除了巫山頂上的雲霧繚繞外，其他山峰上的浮雲簡直不足以稱之為雲。多少次我從花叢間走過，卻懶得回頭一看，一半原因，是我正在潛心修道，另一半是因為妳的身影仍在我心中縈繞，無人能取代。」

【療效】

堅貞的愛情，是禁得起時間的考驗，即使人已消逝，愛情的力量仍是我生存的力量。

人一生中總會碰到過刻骨銘心、難以忘懷的人，但是兩情若是長久時，又豈在朝朝暮暮。有時在感情中會面臨抉擇與割捨，自私的把對方據為己有，並非唯一的真愛表現，本詩提醒你，愛也可能是一種犧牲，這樣你的愛會特別深刻，使你的心靈昇華到更高的境界。

愛在黎明破曉前

河漢清且淺，相去復幾許？
盈盈一水間，脈脈不得語。

她戴著草帽，垂著頭走在烈日下的山路上。其實她一向不愛參加什麼戶外活動，但是男朋友小方是登山社的社長，她理所當然的要支持登山的活動，因此偶爾也會出現在一群熱愛爬山的人潮當中，向某一座她永遠叫不出名字的山頭挑戰。

這天也是一個挑戰的日子，但是男友已爬在遠遠的前端，留下她自立自強。她走到一個斜坡上，坡度非常陡峭，她很想叫男友來幫忙，但顯然登山社長的工作已讓他忙不過來了，尤其今天來了幾個第一回參加的年輕女生。她忿忿不平的想：「好吧！你就去幫助那些嬌柔的弱者吧！我就不相信，沒有你我會活不下去！」

不經意間，她的腳一滑，整個人摔了下去。這時呼救也來不及了，幸好一隻強壯的手臂抓住她，讓她平安的爬上斜坡。她轉頭要道謝，看到一雙深邃的眼睛含著笑意，似乎在取笑她的模樣。她有點不高興了，這時那個人卻說話了：「妳好！我是登山社副社長莫柏。我認識妳，也常聽小方說起妳。我負責照顧走得慢的隊友。這裡很滑，小心點！」她發不起脾氣了，便慢慢的繼續往前走。

莫柏也不理會她，四處照料著走得慢的女孩子，似乎樂在其中的樣子。她有點不屑的自顧自往前走遠一點，好像要表現出自己對登山也有點內行一樣。來到一個下山陵，她暫停一下，身邊遼闊的美景擁抱住她，山風將她的頭髮吹散開來。她的心情突然開朗起來，便高興的張口大喊：「呵呵呵……」

山谷也回應她：「呵呵呵……」她高興的笑了，山谷也跟著笑。就在這時候，她無意間伸出雙手，卻發現手上金鍊子不見了。那是奶奶送給她的大學畢業紀念禮物，奶奶在上個月過世了，如果知道她把鍊子給丟了，一定會不高興的。從小因爲父母親忙於工作，她都是跟著奶奶長大的。奶奶跟她的感情一向很深，現在兩人之間唯一的紀念物如果不見了，奶奶會多難過呀！

她想著便轉身回去，她知道一定是剛才在斜坡那兒弄丟的。她記得自己滑下去時被樹枝勾到了，可能就是那時候掉的。她匆匆往來時路走去。回到斜坡那兒，她東看西看，終於在樹枝間看到有閃亮亮的東西，果然是她的金手鍊！她很高興的伸手要去拿，但是路面實在太滑了，她才抓住手鍊，腳底就跟著滑下去，整個往山坡下的深谷滑落。糟了！這下眞的要葬身谷底了？她想要大喊，卻聽到一個人叫道：「怎麼樣了？妳還好吧？」

「你是誰？快來救我！」

那人沒有回答，因爲在轉瞬之間他也跟著滑落下來。等到他來到身邊，她才看清楚竟然是那個莫柏。他們兩人很幸運，沒有眞的跌落谷底，只是滑落到懸崖邊突出的大石塊上，除非有工具，否則不容易爬上去。眼前他們手中工具不全，只能想辦法讓人來援救了。她緊靠著山壁站立，慶幸著還有一片懸崖山洞可以擋風。

這時不過下午四、五點，山中卻突然起了霧。霧來得很快，一下子伸手不見五指。在這樣幽寂的山洞中，她所有的尊嚴與自信都消失了，驚慌的叫著：「莫柏！你在哪裡？我什麼也看不見了。」

莫柏緊緊擁住她，安慰她說：「不要怕！我就在妳身邊。」她抓住莫柏堅實的臂膀，忍不住大哭起來。莫柏讓她哭了一陣子，繼續安慰她說：「不要擔心，他們會清點人數。發現我們不見，一定會回頭來找的。只是天色已暗了，我們可能要在這裡待上一晚。」

她鎮定下來，向四面看看，果然夜色已降臨山中，再多驚慌失措也不能解決問題了。她緊緊的依偎在莫柏身邊，不想再一個人獨處。這時，莫柏點起打火機，在微暗的火光中尋找四處散落的枯枝，他說，要是能生一堆火，比較不冷，也更有獲救的機會。剛才他已試著用手機聯絡隊友，但是訊號不通，什麼辦法也沒有，只好先想法子取暖了。小小的火堆生起來，莫柏又拿出乾糧讓她吃了一點東西。她有點精神了，抬頭看看天空，星光閃爍。她突然幽幽的說：「你知道嗎？今天就是七夕，原本打算跟小方一起上山共度七夕的，誰知道碰到這樣的倒楣事！」

莫柏噗哧一聲笑了：「我倒覺得滿幸運的，可以跟妳一起過七夕。」她回頭瞪了莫柏一眼，發現他正專心的望著遠方一閃一閃的星子，他眼裡似乎有一層迷濛的霧氣，「也許是想起什麼心事吧！」她暗暗猜想，於是她默不作聲的仰望著夜空。

「瞧！那就是牽牛星。」忽然莫柏的聲音劃破了寂靜，他指了指躲在雲層裡忽隱忽現的那顆星星，「聽過牛郎織女的故事嗎？小時候每次聽到這個故事便忍不住流下眼淚，覺得牛郎織女眞是太可憐了，結果還被堂哥們取笑說我太多愁善感。」

莫柏說著開始跟她數起天上的星星，北斗七星、獵戶星，還有那顆與牽牛星隔著銀河相對的織女星……。然後他們開始天南地北的聊起來，好像眞的是在過七夕，而不是發生了山難。他談起自己曾經交過的女友，她也把自己的心事說了一遍，關於奶奶的手鍊以及對男友小方的抱怨，全都一股腦的說了出來。莫柏靜靜聽著，摟著她的肩膀，呼吸聲就在她的耳畔，彷彿是一種無聲的言語，什麼都沒說出來，卻什麼都懂了。

這時山中突然傳來「嗚嗚嗚」的叫聲，然後是撲翅而過的呼呼聲。她嚇了一跳，整個人都縮在他的懷中。莫柏緊緊擁抱住她，眼睛睜得大大的，往四面看了看才說：「別擔心，那是貓頭鷹，不會傷人的。我們已經生了火，小動物不敢來的，放心好了。妳睡一下吧，我來守夜。」突然之間，她覺得在他的懷中很安全，她可以安心的休息，不必擔驚受怕。她沉沉的睡去了。但是在睡夢中她卻很不安，時時驚醒，每一回她睜開眼朦朧的看到莫柏的眼簾就在她旁邊，他闔上的雙眼因為她的驚醒而張開，充滿了無辜的神情，像是小男孩被大人半夜叫醒，不知身在何處的模樣。她微笑了，又滿足的睡去。

接近清晨時分，她被岩石上滴下來的露水驚醒了。突然之間，一種焦慮感襲上心頭，似乎暗示著黎明的來臨，她將會失去某個重要的東西。夜色一點點地褪去，她的心比當初跌落谷底時還要驚慌，她明顯的感覺到手腕上的秒針滴滴答答急促的走著，時間分分秒秒的過去，搜救的人就要來了，他們之間也可能就此分道揚鑣，再也不會見面了。

她再一次在微明的天色裡，搜索那個陪她安然度過一夜的善意的臉龐，用微微淌淚的眼眸永遠的記下他熟睡的模樣。她想起小時候和同學們一起去逛街，在店裡看到了一個沙漏，大夥好奇的將沙漏倒放在她的掌心上，當他們驚嘆著沙漏的不可思議時，她卻當場哭了起來……。那是她有生以來第一次知道，時間的流逝是如此的飛快和不能掌握，現在她又再度憶起了那種無力抗拒的悲哀。

黎明一向是喜悅的、光明的，此刻，在她的心中，卻寧可永遠停留在那微妙的黑暗之中。

詩療・處方箋15

【病名】

患難與共症

【症狀】

在困境中傾吐心事，產生激情的共鳴，也因為侷限在時空中，而對陌生人產生不可抗拒的吸引力。

【藥方】

迢迢牽牛星，皎皎河漢女。
纖纖擢素手，札札弄機杼。
終日不成章，泣涕零如雨。
河漢清且淺，相去復幾許？
盈盈一水間，脈脈不得語。

迢迢牽牛星・東漢・古詩十九首

「夜空中，牽牛星是如此的遙遠，咫尺間的織女星是如此的明亮。那織女星應該正忙著織布，飛梭在靈巧的雙手間來回閃動著。即使終日辛勞的織杼，卻無法織出美麗的花紋，永遠無法與牛郎相會的宿命，遙望清淺銀河彼岸的情人，泣如雨下。只是一條清澈透盈的小河之隔，卻永不能團聚，心神相通的兩人卻只能四目相交，無法傾訴心意。」

【療效】

勇敢收拾起革命感情，當作一段美好回憶！

短暫的相逢，是最迷人的情境，很容易讓你以為對方是值得愛的人，但其實你並不了解對方，在患難與共的情境下，容易培養出惺惺相惜的微妙感情，倘若能將這種感情放在心中，會比說出來更能維持美好的感覺，一切盡在不言中，破壞了反而不美了。

邊界地帶

知君用心如日月，事夫誓擬同生死。
還君明珠雙淚垂，恨不相逢未嫁時。

今天他起得特別早。這是一連串忙碌過後的一個星期一早晨，也是他最後一天在這個公司上班，或許也因爲如此，他不自覺的早點起來了。到了公司之後，秘書小姐已經到了，正在忙著替他打包、整理東西。他跟平時一樣開會，辦理一些新公司的交接手續。他一手創辦的公司如今已被一間國際公司併購，身爲總經理的他不想再留任，也不便繼續留任。今天就是新上任的總經理跟他辦理交接的日子。忙碌的一天終於過去了，到了下班時刻，新上任的總經理想替他餞行，卻被他婉拒了。他把秘書叫進來說：「我想邀一些昔日的夥伴聚一聚，算是餞別吧！」

她點了點頭，眼眶有點紅，卻沒說什麼。看他一個人在辦公室中東摸摸西翻翻的樣子，她很清楚他內心的不捨，卻連一句安慰的話也說不出來。晚餐時分，一夥人來到常去吃的老字號麻辣鍋店。大家一起舉杯敬酒，心中都有些戚然。平時他最愛吃麻辣的，偶爾還嫌不夠辣，現在不知道爲什麼，他才吃了一口就被嗆到了。他咳嗽地說：「喝！今天的麻辣鍋好像特別辣！」他說著，眼角似乎帶著淚光，在煙霧瀰漫的火鍋前，他拿起紙巾擦拭臉，彷彿在慌張的掩飾著什麼。這一切都看在她的眼中，她完全能了解他的感受，畢竟從一開始他們就如此的相似。

剛進公司時，她就聽說這個老闆脾氣很壞，從不聽別人意見。大家都說：「妳看著好了，妳做他的秘書一定沒好日子過。」但是開始工作不久，他倆就發現彼此驚人的相似之處。他們不但同一個星座，同一種生肖，同一種血型，而且剛好相差十二歲，他們喜歡吃同樣的東西，欣賞同樣的音樂，甚至碰到問題時反應也十分相似，因此他們之間竟也發展出惺惺相惜的感覺。工作半年多之後，有一天爲了某件案子，他們倆爭執不下，最後他發起火來，簡單的丟給她一句：「公司既然是我在負責，就照我說的去做！」

雖然她還是覺得她自己的辦法比較好，但是既然他已經決定了，而且他跟她一樣都是固執的人，顯然沒有再商討的餘地。爲了這個挫折，她黯然神傷了一陣子，甚至想過要另外找工作。不過一個星期過後，當她看到桌上擺著一束康乃馨時，便忍不住笑了起來。

她記起他們談論過送花的事。有一次一家廠商新開張，他要她送花籃過去。她想送些比較特別的花樣，便問起他喜歡什麼樣的花？最後他們發現彼此竟然都喜歡康乃馨。她很好奇的問：「你爲什麼喜歡康乃馨？」

「也許是因爲那個名字吧？妳呢？」他不經意的回答。

她笑著說：「我喜歡康乃馨毫不做作的美，分明艷麗，卻對自己的美一點也不在意。」

聽她這麼說，他從公文中抬起頭來，似笑非笑的說了句：「妳是在說妳自己吧！」

她的臉頰倏地一熱，好像被窺見了心事，有些不自在起來。那是他們倆第一次有些傾心的交談，但是第二天兩人又同時裝作忘了這回事，繼續維持上司與屬下的關係。現在看到桌上這束康乃馨，她的心軟了，便也原諒了他。

過了一段相安無事的時間，有一天他們之間又起了一點衝突，她生起氣來，便未經許可擅自休假去了。她一個人到了峇里島，洗洗 spa，放鬆一下，也思索一下自己的未來。徜徉在峇里島的山光水色之中，她的心境變得平和多了，卻仍然有些牽掛的感覺。因爲自己沒有交代一下工作的狀況，就擅自溜班，而覺得有點不安。假期結束後，她搭機回台。到了出境大廳，竟然看到他來接機。她驚訝得有點手足無措，他卻很自然的接過她手中的行李，對她笑著說：「妳氣該消了吧？」

幾天不見，她發現他的鬢角已有幾許斑白，雖然他沒說什麼，但她已經明白他的心意。他需要她，而這樣的需要是用不著言語說明的。從這天開始，她成爲他眞正的得力助手，他也將公司的業績推廣開來。

因爲業務推展順利，公司舉辦了一次員工旅遊。他帶著妻子一起參加，這是第一次他和妻子一起參與公司的活動。雖然以前也通過電話，甚至也見過幾次面，但卻從沒有眞正的跟他妻子相處過，這次的旅行讓她明白了：他的妻子是個傳統的好女人，陪著他白手起家，而他也心存感激，對妻子百般呵護。有一次要過馬路時，她遠遠看到他細心攙扶著妻子過街的情景，突然之間，她有了一種了悟。

在過去的這些日子以來，要說她心中沒有一些幻想只是在自欺欺人。但是她並不想戳破這樣的想像空間，去探索眞相。畢竟她希望自己愛上的是一個懂得體貼的正人君子，她不希望他背上拋妻棄子的罪名，爲了跟她在一起而做一個負心漢。她深深的明白，只要自己不主動，他們兩人之間就會保持著這樣的心靈之交，只要不破壞彼此之間的默契，他們會是永遠的知己。

麻辣鍋還剩了一些，但是每個人都有點離情依依，不太有興致。臨別時大家互道珍重，還約定著：「總經理，到了加拿大之後，要跟我們聯絡，以後我們可以去你家玩呢！」

其實在決定要把公司股權賣掉之後，他就已經辦好移民手續，打算離開台灣了。雖然一切都已經處理妥當，但是在他心底總像是有些未完成的依戀，需要向她做個表白。他要司機把車子開來，說是要順道載她回家。在車上他們保持著沉默，直到車子開到她家附近時，他便要司機找個地方暫停一下，說是要下車陪她走一段路。

在夜色中，他們沉默的走著，連彼此的腳步聲聽起來都有些荒涼的感覺。天上沒有星光，但隱約的城市之光卻反照在路邊的小河中，顯得虛假而不眞實。

她很想率性的奔跑在夜色中，但是稀薄的夜色並不能遮蓋她奔放的心情。突然之間，她被什麼東西絆倒了，差點跌倒。他伸手扶住她，順勢將她摟進懷中。在很近的距離中，她看到他的眼中含著淚光，他顫抖的說了：「這幾年辛苦妳了……」

她掙脫了他的懷抱，也制止了他的話語。她怕他說出來會牽扯到太多的心事，也怕他說出來之後會讓自己無法克制，更怕要面對一些她不願意面對的自我。她完全知道他要說什麼，但是她不想讓他說下去。她心中早已有了答案，她要愛的是一個正人君子，他們之間存在的是心靈的交流。她很怕一旦越過了那個邊界地帶，他們就再也回不了頭，甚至連知心好友也做不成了。

最後，他們只握了握手，就這樣平靜的分別了。她的手掌心仍然存留著那種溫熱的感覺，而她將一生一世記住這樣的溫暖。

詩療・處方箋16

【病名】

同病相憐症

【症狀】

因為彼此個性相似、遭遇相同而惺惺相惜，互相成為對方的精神支柱，甚至發展出一段感情。

【藥方】

君知妾有夫，贈妾雙明珠。
感君纏綿意，繫在紅羅襦。
妾家高樓連苑起，良人執戟明光裡。
知君用心如日月，事夫誓擬同生死。
還君明珠雙淚垂，恨不相逢未嫁時。

節婦吟・唐・張籍

「你知道我是有夫之婦，仍舊送我一對明珠。纏綿的情意在我心中繚繞，於是我將這對明珠繫在紅色的短衣上。我們家中蓋起許多樓宇，我的丈夫也成為明光殿中的侍衛。雖然知道你對我的用心就如同日月般的永恆，但我也曾發過誓言要與丈夫同生死。因此，現在我要將你送的明珠奉還，一陣心酸忍不住淚珠一顆顆直往下垂，我真恨，你我為何不是在尚未出嫁前就已相逢。」

【療效】

有時候，愛情並不一定要天長地久才是結局，只要知道有人與你心心相印，這段愛情也就不枉。

愛上不該愛的人，總是會帶來無謂的痛苦，因為選擇對象的錯誤，造成自己的苦楚，但是感情的邊界地帶也是危險地帶，需要極大的理智與克制力，只要將這段情放在心靈深處，就不枉然了。這首詩值得我們參考，不要在邊界地帶徘徊，要眼明手快地下決定，這種第三者的關係若處理不善，有如站在懸崖邊，很可能會葬身谷底，或是兩敗俱傷。

國家圖書館出版品預行編目資料

比誰都美的相遇。／朱衣——

初版——台北市；茵山外出版；大塊文化發行，2007【民96】

面；　公分——（幸福主義；02）

ISBN 978-986-6916-06-9（平裝）

857.63　　96007562